Vincenzo Paglia

Lettera a un amico che non crede

RIZZOLI

ISBN 88-11746-3

Prima edizione: novembre 1998

Lettera a un amico che non crede

L'uno accanto all'altro

LE DUE FEDI è un piccolo libro, ma ha il merito di far emergere il complesso nodo dei rapporti tra laici e credenti o, se si vuole, tra fede laica e fede religiosa. Per Arrigo Levi è un semplice «discorso fra amici», non un trattato sulla fede; e lo stile è quello di una riflessione aperta, sincera e da continuare, com'egli stesso si augura. Ho raccolto l'invito e ho cercato di dialogare con le affermazioni, le domande e i problemi che via via la lettura proponeva. Ne sono nate le pagine che seguono. Vorrei paragonarle a una lettera, scritta, appunto, a un amico che non crede, o meglio che crede in altro modo. Essa è frutto di questo ideale dialogo e ne conserva lo stile e il metodo. Fin dall'inizio, perciò, mi è venuto spontaneo il riferimento all'episodio dei due discepoli di Emmaus: due uomini, due fedi, forse due culture, certo due amici intraprendono un cammino, l'uno accanto all'altro, chiacchierando sulla fede. Debbo dire che un libro di Martin Buber, dall'analogo titolo, *Due tipi di fede*, attirò subito la mia attenzione, sebbene trattasse un tema diverso dal nostro, com'è il confronto tra fede ebraica e fede cristiana. Non mancano tuttavia alcuni riferimenti. Ricordo una particolare circostanza storica: Buber scrisse questo suo libro a Gerusalemme durante la guerra del '48, proprio mentre Levi si trovava in Israele; una vicinanza che non è solo fisica. Mi spiego. Bu-

7

ber sentiva fortissima l'esigenza di afferrare il punto di massima convergenza tra Ebraismo e Cristianesimo (un impegno da pioniere, se pensiamo al periodo in cui ci troviamo); e in questo egli seguiva un altro grande studioso ebreo, Franz Rosenzweig, dal quale ricevette, perché ne fosse custode, la splendida e classica opera *La stella della redenzione*, anch'essa scritta durante una guerra (la prima guerra mondiale), ove si manifesta lo stesso anelito all'incontro delle due fedi. Ancora una volta è la guerra, con le sue drammatiche conseguenze, a spingere gli spiriti più attenti ad andare oltre la divisione violenta e l'odio prevaricatore.

Levi ritiene necessario per il futuro del mondo non solo la fede (e le fedi), ma anche l'unione tra tutti i credenti: «Il fatto è che di una fratellanza fra tutti gli uomini di fede (non basta dire "gli uomini di buona volontà", perché la semplice "buona volontà" non basta più: per il nostro tempo, se leggo bene i segni del tempo, occorre lo slancio, il dono della fede), il mondo ha un bisogno vitale, per la sua sopravvivenza. Vi prego di prendere queste parole alla lettera. Questo è un mondo molto difficile, e per avere speranza in un suo futuro bisogna avere molta fede. Occorre una vocazione all'universale, che ci accomuna: il nostro universalismo laico ha la sua prima radice nell'immagine di Dio padre di tutti gli uomini». Se confrontiamo queste affermazioni con la tesi avanzata da Huntington secondo cui i prossimi conflitti saranno causati non da problemi semplicemente economici o politici, bensì dallo scontro tra civiltà, la riflessione sulle fedi (o sulle religioni) si fa ancor più urgente, visto che esse sono una delle componenti essenziali dell'identità di una civiltà. Ed in effetti, le fedi sono di fronte a un drammatico bivio: o ritrovano un comune anelito alla collaborazione e al dialogo, oppure contribuiranno ad approfondire i contrasti e a favorire i conflitti. Di esempi ne abbiamo già a sufficienza; basti pensare a quanto è accaduto in Bosnia e in India. In ogni caso, la pace non viene più solo dalla politica, ma anche da un nuovo patto morale tra gli uomini e da un cambiamento dei cuori che le religioni possono, anzi debbono, favorire.

Le riflessioni di Levi, in verità, ruotano attorno al problema del rapporto tra la fede religiosa e la fede laica o, come egli scrive, «se vi sia davvero una così grande differenza tra la fede di chi crede nell'esistenza di Dio come persona, come ente trascendente, come onnipotente Provvidenza... e la fede di chi crede soltanto in Dio come frutto ed espressione della storia e della civiltà dell'uomo, come creatura e non creatore.» La sua risposta è sorprendente: «Non sono sicuro che vi sia una grande differenza tra fede laica e fede religiosa, tra fede in Dio e fede nell'uomo». Domanda e risposta, comunque, mettono in discussione la concezione stessa della fede (oppure della non fede), e in tal senso interrogano il credente e il non credente e li spingono ad approfondire i rispettivi orizzonti per comprendere identità e differenze, punti di conciliabilità e distanze irriducibili, senza comunque porsi l'uno contro l'altro.

Il disordine mondiale

C'È UNA COMUNE preoccupazione di fondo: l'incerto futuro della società contemporanea in questo passaggio di millennio. Il secolo da cui stiamo uscendo è stato tra i più tragici dell'intera storia umana; mai abbiamo assistito a crimini così feroci e in così vasta scala. In meno di cento anni abbiamo sperimentato due guerre mondiali, parecchie altre quasi altrettanto distruttive, l'Olocausto, l'atomica, la nascita e il collasso del sistema sovietico, la Rivoluzione cinese e la controrivoluzione, la fine di un colonialismo esplicito e la creazione neocoloniale di un "Terzo Mondo" di nazioni economicamente dipendenti e impoverite, il controllo da parte di società multinazionali sull'economia mondiale (e perciò sui governi), legata a un massiccio inquinamento da prodotti chimici nell'industria e nell'agricoltura che mette in pericolo i sistemi vitali della terra, la diffusione dell'Aids, la cultura e l'economia della droga, sommerse ed estese. E tutto questo, nota Rosemary Luling Haughton, è avvenuto in sole tre generazioni. Ma anche il secolo che sta per iniziare non si annuncia migliore o meno pericoloso: «Un incerto equilibrio tra molti stati potenti, e una complessa dialettica tra globalizzazione e frammentazione, rendono questo sistema mondiale forse ancor meno governabile di quanto fosse nei tempi duri della guerra fredda. Ma non basta. Oggi non c'è più la certezza della sopravvivenza della nostra civiltà, e perfino dell'uomo sulla terra... Non fa piacere dirlo, ma noi viviamo in una condizione di precarietà che non è mai esistita prima nella storia. Questo è il nuovo destino dell'uomo».

In effetti, quanti avevamo posto speranza nell'89 abbiamo dovuto presto ricrederci: «Speravamo – potremmo dire, parafrasando ancora le parole dei due discepoli di Emmaus – che la caduta del muro di Berlino avrebbe potuto avviare un periodo di pace... Invece, dopo pochi mesi, sono proliferati focolai di guerre in varie parti del mondo, e il futuro non è affatto sereno». Quello che doveva essere un nuovo ordine mondiale, si è di fatto trasformato in un disordine pericolosissimo. E chi aveva teorizzato la fine della storia, oggi fa autocritica e parla piuttosto di caos ingovernabile. Un'ipotesi, infatti, di governo mondiale, se pure fosse possibile, è da alcuni guardata con sospetto. Si cita in proposito Kant per il quale una monarchia universale, comunque organizzata, sarebbe un «dispotismo senz'anima». In ogni caso, è fuor di dubbio che un tale disordine internazionale vada in qualche modo contenuto, e un compito decisivo spetta alla politica e alle sue forme organizzative internazionali. Anche perché a vincere, ancor più che la tradizione liberale e democratica, sembra essere stato il mercato, una sorta di nuova religione universale, affermatosi in molti paesi ancor prima dello stato di diritto, vero assente del prima e del dopo '89, in tutto l'Est. Vittoria del mercato, come si è potuto vedere, soprattutto nell'ex impero sovietico, senza mediazioni, senza autocorrettivi, e con rapida crescita di gruppi forti, al limite e presto fuori della legalità. Con tutta la preoccupazione per l'affermarsi delle diverse mafie e circuiti criminali, i quali stanno prendendo sempre più potere nell'ambito finanziario. Una preoccupazione che si unisce alla presenza di enormi arsenali e dotazioni militari difficili da gestire, controllare, e che facilmente si trasformano in merce di scambio in tempi di crisi.

Assieme al crollo dei muri e all'affermarsi di un mercato senza stato di diritto, si registra lo scoppio di oltre 50 nuovi conflitti, più o meno regionali, quasi tutti nati da una enfasi eccezionale dei temi legati al *limes*, ai confini e alle radici, alla comunanza di sangue, così accentuatamente etnica da assorbire a volte anche l'elemento religioso al loro interno. E non mancano esempi tristissimi di questa commistione. Mentre avanza il processo di globalizzazione, di unificazione economica del mondo, altrettanto cresce, per reazione, la domanda di rivitalizzazione di identità locali, tribali, nazionali. Ne consegue che le spinte centrifughe e disgregatrici, quantomeno bilanciano, se non sopravanzano, quelle centripete e integratrici. Di fronte a una insicurezza diffusa, è forte la tentazione dei paesi ricchi di ripiegarsi su se stessi. Sta qui una delle ragioni dell'affievolirsi della consapevolezza di un debito del Nord ricco del mondo verso il Sud povero. Lo stesso legame che contraddistingueva – magari in forma approssimativa e paternalistica – le politiche di cooperazione allo sviluppo negli anni '60 e '70, oggi sembra aver lasciato il posto al suo contrario. La forbice di benessere tra Sud (gran parte dell'Africa, quasi tutta l'Asia e buona parte dell'America Latina) e Nord del mondo è enormemente aumentata nell'ultimo decennio e paesi come Mozambico, Burkina Faso, Guinea Bissau, sono oggi enormemente più poveri di quanto non fossero un decennio fa. Agli attuali tassi di crescita dello sviluppo è più probabile una stagnazione o un peggioramento, anziché un miglioramento delle loro condizioni, fino al primo decennio del Duemila, come confermano le analisi e gli studi degli organismi internazionali.

I principali paesi occidentali sembra abbiano scelto, esplicitamente o implicitamente, la via dello sganciamento, con una rinuncia pratica anche alla precedente politica di intervento per aree di influenza. Ed è come se sulla carta geografica abbiano ripreso a comparire quelle macchie bianche, le *terrae incognitae* che punteggiavano le prime mappe del mondo, al tempo dei grandi viaggi di esplorazione. È troppo complicato intervenire, arginare l'Aids in Uganda, disinnescare la polveriera che è il Congo, occuparsi davvero del Rwanda, anche se è così piccolo da far fatica a trovarlo sulla carta geografica. È così che l'Italia, ad esempio, non ha mai utilizzato lo 0,7% delle risorse che da molti anni si era impegnata a devolvere per la cooperazione allo sviluppo. Anzi. L'anno in cui si è più avvicinata a questo 0,7% è stato quello in cui ha investito circa 6000 miliardi, con il famoso fondo del FAI, poi coinvolto nelle inchieste di Tangentopoli. E 6000 miliardi erano appena lo 0,3% del Prodotto Interno Lordo. Oggi siamo ormai scesi – sono i dati per il 1994 – ad appena 174 miliardi di lire, la copertura residuale per impegni già presi. Non c'è peraltro da meravigliarsi se nel prossimo futuro problemi enormi come la fame, la disoccupazione e l'emigrazione, conseguenze dirette di tale situazione, saranno all'origine di disastrosi conflitti planetari.

Non ci si salva da soli

SENZA VOLER insistere sulla situazione internazionale, faccio solo un cenno ai guasti provocati in Italia dallo scontro tra le diverse ideologie che hanno sostenuto la vita del paese. La divaricazione tra laici e cattolici, per fare un solo esempio, ha segnato dolorosamente la nostra storia, e oggi possiamo dire che non ha giovato a nessuno. La crisi di valori da più parti rilevata mostra un indebolimento interiore del paese, una fiacchezza spirituale prima che politica ed economica, perché tocca il nodo delle coscienze e dei comportamenti. E la polemica, talora cieca, che ha opposto le forze vive del paese forse ha contribuito non poco alle lacerazioni ancora presenti. Mi pare urgente, perciò, ritrovare una piattaforma ideale comune tra gli spiriti più sensibili per aiutare il risveglio delle coscienze, che non avviene attraverso dieci o cento gesti di singole persone, ma attraverso una molteplicità di sollecitazioni che debbono rifrangersi nella consapevolezza di tutti i cittadini. Le diverse correnti ideali del paese sono chiamate a una più alta maturità, ben sapendo che il vuoto etico nel quale ci troviamo non può essere riempito dall'alto in maniera gerarchica. Come in tutte le grandi società democratiche, anche in Italia, l'esercizio della libertà, se ha permesso da una parte progressi enormi, dall'altra ha favorito l'espandersi di un'enorme solitudine: milioni e milioni di uomini hanno deciso liberamente di restare soli con se stessi. Pertanto, accanto ai soli di cui nessuno si occupa, i poveri, c'è una maggioranza di persone che si occupano solo di se stessi. E grazie a questo diffondersi dell'anonimato reciproco si sono disgregate le società e si è lacerato quel tessuto etico che le teneva insieme e che faceva da fondamento allo stesso ordine legale. Di qui la necessità di tornare a parlare alle coscienze. Ed è la sfida che incombe anzitutto sulle forze ideali del paese perché ritrovino una concordia su quei valori capaci di ridare un'anima all'Italia.

La consapevolezza che non ci si salva da soli, mi pare una delle ragioni di quel vento ecumenico che oggi spira nel mondo e che spinge uomini e donne di fedi e culture diverse a dialogare tra loro, se non addirittura a ritrovarsi in un'ampia fratellanza. La fede, intesa nel suo senso più ampio, appare perciò un orizzonte che accoglie non pochi compagni di viaggio, anche quelli che, pur non credendo, sentono alta la forza della fede e radicali le sue esigenze. Per costoro essere non credenti non significa immediatamente essere atei, come semplicisticamente qualcuno potrebbe concludere. L'attitudine spirituale si è fatta certamente più complessa, e, cadute le ideologie, anche la ricerca di ideali su cui basare la vita è una esigenza più stringente. Mi pare di trovar ben espressa questa nuova sensibilità spirituale nelle parole di Giuseppe Vacca, tanto più preziose perché strappate alla sua delicata riservatezza: «Non sono un credente ma non sono certamente ateo. La scelta di fede intendo considerarla così radicale che, sebbene m'interroghi, io non riesco a farla, perché non m'immaginerei credente senza fare di questo un "fuoco" che non si limiti a mutare le luci della mia esperienza, ma mi chieda di rimettere in discussione tutto me stesso». Forse sta proprio qui la discriminante: chi considera la fede (religiosa) un problema che tocca le radici stesse della persona e chi, invece, la considera semplicemente come retaggio del passato o come pseudo

problema. La fede, quella vera, è un interrogativo brucian-
te. Gesù stesso a suo tempo lo pose: «Quando il Figlio del-
l'uomo ritornerà sulla terra, troverà ancora fede?» La fede è
continuamente a rischio (oltre ad essere essa stessa un rischio) e richiede difesa e sostegno, anche in questo tempo in
cui torna il sacro (ammesso che se ne sia mai andato). Ogni
fede, laica o religiosa che sia, si scopre minoranza in un
mondo in cui gli egoismi personali e di gruppo hanno superato abbondantemente i livelli di guardia, tanto da mettere in serio pericolo la stessa convivenza umana.

Stendendo queste riflessioni non ho pensato di percorrere una strada già segnata in tutte le sue tappe o di intra-
prendere un dialogo tra posizioni già rigidamente predefi-
nite. Neppure però ho cercato un irenico e banale appiatti-
mento di idee e di convinzioni. Andrea Riccardi, presen-
tando il volumetto di Levi, diceva acutamente che bisogna
riscoprire quella «misteriosa discordia che rende più ricca
l'amicizia, il dialogo e la concordia», restando peraltro
sempre attuale l'esortazione di Giovanni XXIII a «cercare
quello che unisce e lasciar da parte quello che divide».
Non si deve dimenticare che discordia non vuol dire ini-
micizia; e differenza non comporta necessariamente intolleranza. E vi sono anche – aggiunge Levi – dei «limiti al
reciproco comprendersi tra uomini di fede religiosa, quale
che essa sia, e uomini di fede laica», e che pertanto «occorre imparare anche a coltivare, con grazia e con garbo, l'arte del non capirsi, e imparare a non indulgere nell'aspro
gusto del dissentire. Questo mi sembra il segreto dell'ecumenismo».

Quel che conta, perciò, è continuare a camminare assieme, certi che il «mistero» verrà incontro a chi continua la
ricerca, e «scalderà il cuore nel petto» dei viandanti (così
scrive Luca). E, ovviamente, sono gli uomini a camminare
assieme, non i loro sistemi culturali. Lasciando a chi è più
competente l'approccio sistematico alle varie questioni,

queste pagine vogliono essere, come ho già detto, un colloquio sereno che si svolge su una comune strada tra due
(molte) persone, senza quelle protezioni che mettono pre-
ventivamente al riparo e al sicuro. Le domande del dialogo
– le vedremo – sono quelle di sempre: Dio, la fede, la vita, il male, la morte, l'aldilà, la condizione degli uomini, e
così via. Ma se le domande sono quelle di sempre, il terreno su cui cadono non è più lo stesso. La secolarizzazione ha
cambiato radicalmente sia la cultura che gli atteggiamenti
della società, al punto che la stessa Chiesa deve constatare
una perdita di incidenza nei comportamenti persino degli
stessi credenti. Tale nuova situazione, ben visibile nei paesi occidentali, interroga il contenuto e la forma di queste
domande, come pure il loro declinarsi nei diversi ambien-
ti. La natura di confine che le caratterizza, inoltre, le pone
in un terreno ove i contorni non sono sempre a tutto tondo
e, di conseguenza, si presentano composite e complesse. In
certo modo, siamo a cielo aperto, senza la protezione immediata dei sistemi culturali e religiosi di riferimento. A
me semmai fa da riferimento quel popolo di cristiani che ha
traversato secoli di storia, soprattutto occidentale, quella
schiera innumerevole di credenti che con passione e coraggio hanno testimoniato la loro fede in mezzo a difficoltà talora davvero incredibili e drammatiche. Per i laici forse è
più difficile riferirsi a un popolo, a una comunità; in tal
senso sono più soli, sebbene non siano pochi coloro che,
con umiltà e decisione, ricercano il giusto e il vero, anch'essi tra non poche difficoltà. In ogni caso, chi intra-
prende questa strada non va alla cieca percorrendo sentieri
solitari e avventurosi, possibili solo a chi può permettersi
elucubrazioni ideologiche in disparte e a tavolino. Mi piace richiamare l'immagine, cara a Claudio Magris, della
chiesa accanto all'osteria; ambedue i luoghi, sia pure a titolo diverso, offrono pane e vino al viandante stanco. Su
questa strada, in due (in molti), parliamo e interloquiamo

sulla fede di ciascuno e, lo sappiamo bene, gli uomini sono ben più complessi, più ricchi e assieme più contraddittori, dei loro sistemi di riferimento, culturali o religiosi.

Ognuno del resto scopre quanto la fede e l'incredulità lo traversino personalmente, e impediscano di dividere, in modo manicheo, il mondo in due. Vittorio Foa, in un dibattito su *Liberal*, si chiedeva a ragione: «Un credente è sempre sicuro di credere? E un non credente è sempre certo di non credere?» Il credente, immerso in un mondo come quello odierno spesso privo di slanci verticali, non fa fatica a riconoscere che è un po' come un povero ateo che ogni giorno deve recuperare la sua fede, riorientare la sua vita e riconfermare il suo abbandono totale a Dio. Gabriel Marcel scriveva: «Il credente non è mai completamente credente, è impossibile che non conosca ore di incertezza e di angoscia, in cui raggiunge il non credente, e parimenti, quest'ultimo può essere animato da una fede che porta in sé, che lo sostiene, ma della quale è incapace di prendere pienamente coscienza». Anche l'ateo perciò può scoprire di essere un credente che ogni giorno vive la lotta inversa di cominciare a non credere. Mi chiedo se questa complessità che segna credenti e non credenti non sia il riflesso di un necessario e continuo dialogo tra fede, ragione e mistero. Non c'è competizione tra loro, semmai si richiede un incontro più ravvicinato, senza che questo significhi confusione di piani e di ruoli. In ogni caso, ambedue, fede e ragione, spingono laici e credenti a non chiudersi in se stessi, a non fermare il proprio cammino di ricerca, a non evitare le domande, a non bloccare le attese e i sogni, a non disperare per il futuro. Ambedue esigono l'umiltà del sapiente, credente o non credente che sia. È l'orgoglio che blocca la vita e umilia sia la fede che la ragione. Possiamo consentire con Heidegger: «Restiamo, dunque, anche nei giorni che ci attendono, in cammino, come viandanti diretti alla vicinanza dell'Essere».

Ormai solo un Dio ci può salvare!

«ORMAI SOLO un Dio ci può salvare!» grida ancora Heidegger, e aggiunge: «Ci resta, come unica possibilità, quella di preparare nel pensare e nel poetare, una disponibilità all'apparizione del Dio o all'assenza del Dio del tramonto (al fatto che, al cospetto del Dio assente, noi tramontiamo)... Noi non possiamo avvicinarlo (Dio) col pensiero, siamo tutt'al più in grado di risvegliare la disponibilità dell'attesa». Alle soglie del terzo millennio, le riflessioni del filosofo tedesco risuonano attualissime nella loro drammaticità. Il suo grido forse non concerne il Dio della fede; ma la sua critica radicale alla «tecnica» a cui gli uomini del nostro secolo hanno affidato la loro salvezza, riguarda da vicino anche la società di fine millennio. Se la verità dell'essere, dopo il crollo della metafisica e la vittoria della ragione scientifico-tecnologica, si identifica con la calcolabilità, la misurabilità e, in definitiva, con la manipolabilità dell'oggetto della scienza-tecnica, l'uomo stesso tende a divenire puro materiale e parte del generale ingranaggio della produzione e del consumo. Claudio Napoleoni, dal suo angolo di osservazione, ne comprese le drammatiche conseguenze: «Se l'uomo si pone in un atteggiamento di dominio totale rispetto alla natura, è inevitabile che oggetto di dominio finisca col diventare l'uomo stesso». Per questo, «solo un Dio ci può sal-

vare!»; e gli uomini, per parte loro, debbono risvegliare in
se stessi «la disponibilità all'attesa» e all'accoglienza del
mistero. È singolare che Heidegger, parlando della «notte
del mondo», dicesse che il dramma dell'epoca moderna
non fosse tanto l'assenza di Dio, quanto il fatto che gli uomini non soffrissero più di tale mancanza e quindi fossero
privi di attesa e di speranza.

La modernità e il progresso, se da una parte hanno favorito una comprensione più profonda della realtà in tutti i
suoi campi, dall'altra hanno riversato sull'uomo una mole
di paure e di angosce. La vittoria della psicologia sulla teologia, auspicata da Freud, si è realizzata, ma ha lasciato un
gusto amaro: l'uomo si è scoperto maggiorenne, ma senza
più punti certi di riferimento, e quindi più inquieto e in-
stabile. Eugenio Scalfari nota con preoccupazione il crescente disagio e la cocente paura di vuoto che stanno prendendo sempre più uomini e donne a causa della caduta di
quei valori che davano un senso alla vita. A suo parere di
qui «deriva l'insorgere sempre più prorompente degli egoismi e di quella animalità che è un tratto connaturale della
nostra natura quando l'istinto morale non intervenga a con-
tenerla realizzando la condizione umana, sempre in bilico
tra le due co-appartenenti pulsioni verso la bestia e verso
l'angelo». E avverte gli amici scienziati perché evitino l'errore che sono tentati di compiere «quando assolutizzano la
ragione e, con essa, la visione matematica della conoscenza
e del mondo. Essi ripristinano, magari in tutta innocenza
intellettuale, quell'assolutezza metafisica che credevano di
aver laicizzato e abolito. Forse senza saperlo né volerlo ci
consegnano inermi al dominio della tecnologia con conseguenze devastanti, delle quali vediamo per ora soltanto un
pallido inizio». Ed è certamente singolare, dopo quanto è
stato detto sulla centralità e sul peso della scienza sin dal
secolo scorso, sentire un altolà a una sua prevaricazione:
«Perciò attenti, amici scienziati, perché il mondo tecnolo-

gico ci sta già riducendo ad una condizione di quadrupedi spirituali che è esattamente l'opposto di quell'affrancamento dal divino della trascendenza che l'afflato della libera ricerca cercò di realizzare alle soglie della modernità».

Paolo Flores D'Arcais si fa difensore della finitudine e di un necessario disincanto del mondo. Tutto è piano, tutto è illuminato dalla ragione, non c'è mistero e non c'è un senso da scoprire nelle cose e nell'universo: «Le cose semplicemente *sono*. Cosa significa tutto ciò che sta intorno a noi, e noi in esso? Cosalmente, nulla. Il significato che tu saprai dargli, e nulla più. Non vi sono cromosomi di senso già da sempre iscritti, e l'intenzionalità non è moneta che abbia corso nel cosmo, tranne a partire da quel coriandolo di galassia e nanosecondo geologico e trascrizione inesatta del Dna di un primate, che tutti siamo». E subito aggiunge: «Non vi è mistero da svelare. Mistero è stato un tempo anche il nome della volontà di conoscenza. Ma mistero è ormai solo il nome che diamo al sapere che non troviamo il coraggio di sopportare... Ormai *sappiamo*, irrimediabilmente, la risposta alla domanda sul senso: nulla». Il problema semmai è «creare» il senso; e il senso – conclude D'Arcais – sta nel creare democrazia.

Oddio, mi pare francamente un po' poco! La vita è ben più complessa e ampia della «democrazia» (ricordo ancora, in un viaggio nell'allora Unione Sovietica che viveva il sussulto provocato da Gorbaciov, semplici cittadini esprimere il loro disagio dicendomi: «Sì, va bene, ma la perestrojka non si mangia», come a dire che non basta la libertà politica per vivere degnamente). Intendo dire che la democrazia – intesa come strumento di convivenza civile – non è tutto, e neppure è tutto scommettere su una libertà asettica non legata alla verità e al bene comune. Tra l'altro, affidarsi alla maggioranza come unico e assoluto criterio di giudizio, senza il primato di valori a cui anche la democrazia deve far riferimento, non è una garanzia sufficiente per una sana convivenza.

In verità un orizzonte ben più ampio della nostra comprensione intellettiva coinvolge la vita dentro e fuori, quella dei singoli e quella dell'intera vicenda umana. È ciò che potremmo chiamare «mistero», una nube che avvolge il mondo, assieme oscura e luminosa, che ci sostiene e ci sorpassa. Il mistero è, se così si può dire, l'ambiente vitale dell'esistenza umana. Senza dubbio all'uomo è data la responsabilità di creare il senso delle cose e della vita stessa. Ma – e qui è il punto – dove e come poggiare questa creazione di senso se non dentro questo plesso di ragione e mistero? In tale contesto la religione non è una strategia di fuga; e neppure rifugio dal terrore della responsabilità di essere padroni del senso e della norma. Giusta l'appassionata difesa dell'individuo che sottende la riflessione di Flores D'Arcais; ma porre un'alternativa tra Dio e democrazia, tra Dio e libertà, tra Dio e l'uomo è tutt'altro che scontato. Per il credente è vero, semmai, il contrario. E la fede (e quindi Dio) non è un affare privato, relegato unicamente nella coscienza degli individui, che nulla ha a che fare con la vita e la storia degli uomini. Anzi, se oggi si può parlare di «rivincita di Dio», lo è per risollevare l'uomo caduto nel baratro del non senso con il rischio di restare schiavo del buio senza uscita di una solitudine radicale. Ben venga perciò una nuova aurora, dopo la notte dello spirito, che ha coinvolto credenti e non credenti in una vita al ribasso. Con sempre maggiore frequenza, in effetti, si scorgono uomini e donne che manifestano il bisogno di guardare più in alto, di andare verso l'Oltre o l'Altro. L'esperienza del limite e dello scacco, i drammi di due guerre mondiali e il terrore nucleare, la difficoltà o l'apparente insolubilità di gravi problemi (basti pensare a quelli legati alla bioetica), spingono tutti, credenti e non credenti, a riproporre le domande ultime sul senso della vita e della storia.

Per quasi due secoli la religione è stata considerata un residuo storico che la modernizzazione economica, culturale e sociale avrebbe vanificato (secolarizzazione e mondo «disincantato» sono termini a tutt'oggi decisivi). Era convinzione comune, tanto di chi l'applaudiva quanto di chi la deplorava. I laicisti guardavano con soddisfazione il progresso che avrebbe scalzato miti e superstizioni; gli altri mettevano in guardia dai danni che tale caduta avrebbe provocato, sino a Thomas Stearns Eliot, che disse: «Se non avrai Dio (e Lui è un Dio geloso), allora dovrai ossequiare Hitler o Stalin». In realtà si è realizzato un altro processo: la modernizzazione economica e sociale ha raggiunto dimensioni mondiali e mentre si consumava la crisi delle principali teorie filosofiche, una generale rinascita religiosa coinvolgeva i cinque continenti. Il positivismo, che faceva dire a Comte «dobbiamo cessare di occuparci del problema di Dio perché estraneo alla conoscenza scientifica», è totalmente fallito quando ha preteso il sapere assoluto. Il neopositivismo è crollato, come anche lo storicismo hegeliano e quello marxista. Il razionalismo ateistico con le due forme che aveva preso, ossia la credenza nella verità esclusiva della scienza sperimentale da una parte e, dall'altra, la fede nello sviluppo della storia verso una piena emancipazione dell'uomo da ogni autorità trascendente, segna ormai il passo. La religione, errore destinato a venire smentito dalla razionalità scientifica o dal progresso, torna con nuova vitalità.

Tale esito del pensiero moderno, ovviamente, non è da tutti riconosciuto pacificamente, sebbene la conclusione nichilista della modernità appaia sempre più un orizzonte che incombe sull'Occidente. Certo è che non sembrano esserci più forti ragioni per rifiutare la religione o per essere semplicemente atei. E, con onestà, non pochi laici si sentono sempre più a disagio quando si vedono costretti a collocarsi nell'area della non credenza o dell'ateismo. Il cardinale Paul Poupard, con una facezia, fa notare che il dicastero della Santa Sede da lui presieduto, chiamato inizialmente «Segretariato per i non credenti» (una delle istituzioni conciliari che intendeva portare la Chiesa in dialogo con tutti, nessuno escluso, neppure i non credenti), ha dovuto cambiare nome, e non per iniziativa interna. Dopo non poche reazioni negative di uomini di cultura, specialmente dei paesi dell'Est, per il fatto di essere catalogati tra i «non credenti», il dicastero pontificio ha dovuto prendere un nuovo nome, «Segretariato per la Cultura». È un piccolo esempio di un cambiamento ben più ampio.

C'è un'ansia di sicurezza che la coscienza contemporanea sembra ovunque reclamare. Scrive Alvin Toffler: «Mai prima d'ora, e mai in così tanti paesi del mondo, uomini anche istruiti e all'apparenza sofisticati sul piano intellettuale si sono battuti con tale senso di impotenza in un vortice di idee contraddittorie, dissonanti e passibili di provocare disorientamento. Le visioni in contrasto tra loro sono così numerose da scuotere alle fondamenta tutte le rappresentazioni del mondo che abbiamo accettato finora. Ogni giorno porta con sé una nuova moda, una nuova scoperta scientifica, una nuova religione, un nuovo movimento o un nuovo manifesto. Correnti indistricabilmente intrecciate penetrano incessantemente nella nostra coscienza: una volta si tratta del culto della natura, un'altra volta della parapsicologia, un'altra volta della medicina olistica o della sociobiologia, dell'anarchia, dello strutturalismo, del neomarxismo, della nuova fisica, del misticismo orientale, della tecnofilia, della tecnofobia e di mille altre cose. E ciascuna di queste mode ha i suoi sacerdoti e i suoi guru buoni per dieci minuti». A questo lungo elenco di segni dei tempi lo studioso americano aggiunge gli attacchi sempre più frequenti alla scienza e alle religioni ufficiali, e conclude: «Gli uomini cercano disperatamente qualcosa, una cosa qualsiasi, in cui però possano credere». Ed è vero: spasmodica è la ricerca di benessere, di armonia, di tranquillità.

La ragione scopre i suoi limiti e la religione torna di moda, nota qualcuno a partire dalla attuale rivalutazione delle religioni storiche. Il cristianesimo, l'ebraismo, l'islamismo, l'induismo, il buddismo, godono senza dubbio di un rinnovato impulso in termini di adesione e di partecipazione popolare. In questo contesto si inseriscono anche i movimenti fondamentalisti, emersi al loro interno. Tale fenomeno va compreso nella sua complessità e sarebbe un grave errore ridurlo alla sola componente estremista, che ovviamente non va affatto sottovalutata. I diversi fondamentalismi, infatti, manifestano un'ansia di purificazione delle rispettive dottrine e un ripensamento dei comportamenti individuali e sociali in disaccordo con i principi dogmatici e morali del proprio credo, e interrogano fortemente le rispettive istituzioni. A questo si deve aggiungere il bisogno di identità e di senso della vita che il crollo delle ideologie e il processo di mondializzazione ha reso più forte e acuto, al quale essi in qualche modo rispondono. In tal senso i movimenti fondamentalisti rappresentano una seria sfida alle religioni perché esse ritrovino la loro integrità, evitando sia la tentazione della sclerosi che quella di scivolare in facili e fallaci cedimenti. Insomma, le religioni nel mondo contemporaneo si trovano a dover camminare tra intransigenza e modernità, come nota efficacemente Andrea Riccardi; e in questo equilibrio si gioca il loro futuro. La riemergenza del sacro, perciò, va ben compresa e analizzata perché mostra non poche ambiguità. Questo spiega, ad esempio, la polarità creatasi tra religioni «storiche» (quelle riconducibili alla tradizione ebraico-cristiana) e religioni «cosmiche» (quelle che portano ad una dissoluzione mistica di stampo orientale). Insomma, il cosiddetto ritorno del sacro non significa immediatamente riemersione della fede. Al contrario, la fede appare piuttosto debole, scarsamente incidente sulla vita e sui comportamenti delle persone. Il processo di secolarizzazione, ben più insidioso della laicizzazione, ha favorito la crescita di nuovi modelli antropologici che progressivamente fanno a meno del riferimento alla fede. Soprattutto nella società occidentale si è creato un universo umano al di fuori della religione, anzi spesso contrario ad essa, tanto che si parla sempre più frequentemente di irrilevanza della Chiesa sia nella vita sociale che in quella personale. E irrilevanza significa che il messaggio religioso proposto non risponde più agli interrogativi essenziali dell'uomo di oggi.

La secolarizzazione è anche accompagnata, come per una eterogenesi dei fini, alla cosiddetta debolezza della ragione, visto che in certa misura il ritorno del sacro ha preso i tratti di un antirazionalismo che tutto dissolve in un magma esperienziale. La conseguenza è che fede e ragione, ambedue si sono «indebolite», quasi a rispondere all'antico adagio: *simul stabunt, simul cadunt*, ovvero staranno insieme in piedi o insieme se ne cadranno. E in questo vedo urgente la riscoperta di una più solida alleanza. E fa un piacevole effetto leggere le prime parole dell'enciclica *Fede e Ragione* di Giovanni Paolo II: «La fede e la ragione sono come le due ali con le quali lo spirito umano s'innalza verso la contemplazione della verità».

Restando sul versante religioso, accade che la robusta adesione a un credo che coinvolge radicalmente la vita è facilmente sostituita da un ritorno estatico nel processo cosmico. Si perdono così tutti i contorni e i tratti che delineano una qualsivoglia identità religiosa. E la fede, dove ancora resiste, rischia di essere concepita come una opinione tra le altre; accettata sì, ma non nella sua interezza e comunque non nella sua esclusività. È emerso, soprattutto nel mondo occidentale, una sorta di supermercato delle fedi e delle religioni, per cui l'una vale l'altra a seconda dei gusti personali di ciascuno. È quanto si dice a proposito di religioni *à la carte*. Jean Maitre scrive: «Siamo entrati nell'era della deregulation del "mercato dei beni di salvezza".

C'è chi afferma, con qualche esagerazione, che la chiesa cattolica ha perso la posizione schiacciante di monopolio che era sua in passato, non controlla praticamente più niente perché non esiste più un apparato ecclesiastico. È vero, tuttavia, che in queste condizioni di debolezza, fioriscono fenomeni di vario genere, scambiati per rinascita del religioso. Direi che siamo piuttosto in un supermercato del religioso, in cui ciascuno sceglie ciò che preferisce». L'elemento determinante di questo modo di concepire la fede è la mancanza di normative rigide e di prescrizioni obbligatorie in favore di una sorta di cocktail privato (prendendo di ciascuna religione quel che più aggrada e conviene) ad uso e consumo dei singoli. E questo avviene non solo in campo religioso, ma in tutti gli ambiti della vita siamo al punto di poter parlare di «cultura dell'optional» come nota Claudio Magris: «Religioni, filosofie, sistemi di valori, concezioni politiche si allineano in bell'ordine sui banchi di un supermarket e ciascuno – a seconda del bisogno o della voglia del momento – prende da un ripiano o dall'altro gli articoli che gli pare, due confezioni di cristianesimo, tre di buddismo zen, un paio di etti di liberalismo ultrà, una zolletta di socialismo, e li mescola a piacere in un suo cocktail privato».

Oltre al fenomeno delle sette, che ha una sua vicenda particolare, della quale non mi occupo in queste pagine, conviene spendere una parola sul movimento della New Age. Tale termine, originato da teorie a sfondo astrologico, è divenuto una sorta di pozzo concettuale senza fondo che copre fenomeni, prodotti ed eventi molto eterogenei tra loro ma che hanno trovato una diffusione mondiale non indifferente. Gli analisti (ad esempio Dobroczynski) ritengono che il movimento sia animato dalla convinzione di una rivoluzione pacifica ma radicale foriera di cambiamenti antropologici profondi che subentreranno al modello formato da due millenni di Cristianesimo e da due secoli di rivoluzione industriale. È una sorta di risposta in positivo alla crisi dell'Occidente, del suo materialismo nichilistico e del modello titanico e prometeico al quale l'uomo europeo ha guardato per secoli. La profezia di una rinascita spirituale, proposta da questo movimento, passa per una coscienza ecologica che diventa religione della Madre Terra. Non è un vero e proprio culto ma un cocktail di credenze, che vanno dalle tecniche meditative orientali alla psicologia umanistica, all'occultismo e al karma, alle psico-tecnologie. New Age è credere in nuove fonti di energia e in correnti di forze segrete interne all'uomo e al cosmo; è credere nell'influenza degli astri sul destino delle persone, nella possibilità di allargare la sfera delle percezioni e nel curare attraverso tecniche e medicine naturali. Il nodo cruciale che tiene insieme il tutto si pone in un rapporto particolarmente dialettico con le nostre riflessioni sulla dimensione religiosa. Tale movimento, infatti, fornisce al singolo individuo un sistema di convinzioni fondato sulla consapevolezza della originaria natura divina coincidente con il proprio Sé, che permette a ciascuno di navigare in una realtà indistinta ove non ci sono più confini tra l'individuo e il mondo. Dio non è una persona che sta di fronte al mondo, ma l'energia spirituale che pervade il Tutto; e religione significa l'inserimento dell'io nella totalità cosmica. Nessuno si sente più isolato perché è unito con gli altri, con l'universo e la divinità. Karl-Heinz Menke icasticamente afferma: «Il soggetto, che pretendeva sottomettere a sé ogni cosa, si trasfonde ora nel Tutto», sì che la redenzione viene a consistere nello svincolamento dell'io, nell'immergersi nella pienezza della vita, nel ritorno dentro il Tutto. Si potrebbe parlare di una sorta di panteismo: tutto ciò che esiste è divino e partecipa della natura divina. Scrive Shirley MacLaine: «Ogni anima è essa stessa Dio. Tu non devi adorare nessun altro e nessun'altra cosa che te stesso. Poiché tu sei Dio. Amare se stessi è amare Dio».

Non manca, inoltre, la prospettiva millenarista, l'attesa appunto di una New Age con l'approssimarsi del nuovo millennio, legata anche alla dottrina della reincarnazione. Alcuni, come Elemire Zolla, vedono in questo fenomeno, come pure nel diffuso interesse per le sette religiose, il futuro della spiritualità contemporanea. Esse, peraltro, non presenterebbero nessun pericolo sociale visto l'aspetto di estrema tolleranza che le caratterizza. In verità, non mancano gli interrogativi. C'è un possibile sviluppo positivo sulla scia di una gnosi religiosa che ricerca l'essere trascendente e transpersonale, come nota anche il cardinale Ratzinger. E senza dubbio è un percorso da aiutare. Ma forse è più facile, date le premesse, che questo fenomeno si diriga verso un magma generalizzato ove l'Io, però, riceve la massima esaltazione. Si affermerebbe così una dimensione religiosa senza Dio e senza Chiesa, senza Male e senza Bene, senza Giudizio e senza Perdono, senza Aldilà e senza Peccato; una sorta di indistinto sacro che esalta un Io solitario e autosufficiente; una «religione» che spalma ogni cosa di un vago panteismo che si rivelerà un leviatano capace di inghiottire tutto, compresi quei valori che si vorrebbero difendere. È l'Io che, ancora una volta, riconquista il centro della scena con la conseguente china egoistica che porta a sottomettere tutto a se stessi. E forse è proprio in questo crocevia lo scontro con le grandi religioni segnate dalla dialettica tra l'io e Dio, tra il finito e l'Infinito.

Quale Dio?

——✳————————✳——

«NON SENTITE la campanella? In ginocchio! Si portino i sacramenti a un Dio che muore.» È la conclusione di un passaggio del poeta tedesco Heinrich Heine. Ed è nota la pagina della *Gaia scienza* di Nietzsche sull'uomo folle che con la lanterna accesa gira per il mercato gridando: «Cerco Dio! Cerco Dio!» Ma proprio lì, ove si trovavano molti di quelli che non credevano in Dio, suscitò grandi risa e si sentì rispondere: «Dio se n'è andato? Ve lo voglio dire! L'abbiamo ucciso – voi ed io!... Dio è morto! Dio resta morto! E noi l'abbiamo ucciso!» Oggi si potrebbe ancora immaginare qualcuno che si aggira per New York, città simbolo della civiltà contemporanea, alla ricerca di Dio. Ma la scena forse proseguirebbe in modo del tutto diverso da quella immaginata dal filosofo tedesco. Vedremmo sbucare dalle strade della metropoli mondiale un numero indefinito e vario di venditori di religioni i quali si accalcherebbero attorno al malcapitato ricercatore pronti a vendere o a svendere la ormai inflazionata merce «divina». Ne sono un segno non solo l'incredibile numero di luoghi di culto, i più vari, ma anche i programmi televisivi negli USA dedicati talora unicamente allo sviluppo e alla propaganda di gruppi religiosi teleguidati da predicatori divenuti idoli di massa.

In un sondaggio di opinione compiuto negli USA alla fine del 1997 dalla Pew, risulta che mai tanti americani hanno affermato di credere nell'esistenza di Dio. Nel 1987 la percentuale era del 59 per cento; dieci anni dopo sale al 71; e sei su dieci credono ai miracoli operati direttamente nella storia umana da Dio. Insomma, Dio è tornato ad essere una presenza importante e quotidiana nella vita degli americani. Ma quale Dio? Il Dio della Torah, del Vangelo, del Corano o non piuttosto un Dio generico e caramelloso, riscoperto magari dalla cattiva coscienza e dalla astuta intuizione di sceneggiatori e produttori sempre alla ricerca di nuovi *gimmick*? Non si tratta di un «Mac-God», un Dio giusto, malleabile, sentimentale, creato su misura dei canoni della società consumista? Insomma un Padre unisex e taglia unica per tutti, come aveva capito Bob Hope quando confessò di mandare buste con offerte alle chiese come alle sinagoghe, alle pagode come ai templi, dicendo, per spiegare la sua generosità: «Io non lo so quale sia il Dio vero, ma so che mi scoccerebbe molto essere condannato alle fiamme eterne dell'inferno soltanto per aver sbagliato da vivo l'indirizzo di Dio su una busta». Al di là della facezia, il problema di Dio si pone senza dubbio in modo nuovo. Non è più sufficiente dire che Dio esiste, se mai lo è stato in passato.

Il dibattito sull'esistenza di Dio, che per decenni ha monopolizzato la scena della cultura occidentale, sembra cedere il passo alla questione dell'essenza di Dio: quali le sue qualità, il suo potere, i modi della sua presenza e della sua azione nella vita degli uomini? La semplice affermazione dell'esistenza di Dio (è la posizione teista) sembra ormai assolutamente insufficiente. Per certi versi la sfida odierna non è più l'ateismo, ma la qualità del teismo. Sono note le riflessioni di Sartre a tale proposito: «L'esistenzialismo non è tanto una forma di ateismo, nel senso di uno sforzo di dimostrare che Dio non esiste. L'esistenzialismo pensa piuttosto in questi termini: "Se anche Dio esistesse, questo non cambierebbe nulla". Ecco il nostro punto di vista. Non è che noi crediamo all'esistenza di Dio, ma piuttosto noi pensiamo che il problema non sia quello della sua esistenza. È necessario che l'uomo ritrovi, da sé, se stesso e si persuada che niente può salvarlo da se stesso, fosse anche una prova valida dell'esistenza di Dio». La posta in gioco è il senso in cui oggi si debba pensare l'Assoluto. Per questo la sfida è rivolta anche, e forse anzitutto, ai credenti sui quali incombe il gravissimo ed esaltante compito non tanto di dire che Dio c'è, ma di mostrarne il volto. L'uomo contemporaneo, precipitato nel baratro del nichilismo e della solitudine, se può avere un interesse per Dio, lo ha più per il suo «volto» che per la semplice affermazione della esistenza di un Ente superiore. Già Teilhard de Chardin aveva intuito il problema: «Senza alcun dubbio, per qualche oscura ragione, c'è qualcosa nel nostro tempo che "non va più" fra l'uomo e Dio così come lo si è presentato all'uomo sino ad oggi. Tutto concorda nel far pensare che l'uomo, oggi, non abbia più chiaramente davanti a sé l'immagine di Dio che egli vuole adorare». Riprendendo un'antica terminologia scolastica si potrebbe dire che la *quaestio princeps*, ovvero la domanda fondamentale, oggi sembra spostarsi verso il *quid sit Deus*, che cosa sia Dio, piuttosto che sull'*an sit Deus*, se vi sia un Dio, rendendo decisiva la questione del senso dell'Assoluto. Potremmo collocare in questa sede il dibattito sui fondamentalismi e gli estremismi religiosi, cui anche Levi fa cenno: «Giacché se si ha fede in Dio e si ha fede che vi sia un solo Dio nella storia del mondo, come non chiedersi se anche nell'intransigenza integralista di alcuni "credenti", impregnata di odii e di intolleranze e di volontà di morte, non vi sia, non vi possa essere anche oggi, e non vi sia stata nella storia, una qualche proiezione, una qualche impronta della Divinità? E se quel Dio di odio dei credenti integralisti e fanatici fosse anch'esso una qualche immagine di Dio?»

Molti autori contemporanei – sia credenti che non credenti – hanno insistito sull'importanza dell'immagine di

Dio nella storia degli uomini, e sulla necessità che essa sia il più possibile corretta. Scrive ancora Levi: «Certamente c'è ancora bisogno di Dio, del Dio giusto. E di fronte ai segni che dicono che questo Dio giusto ancora vive, il credente laico non può che rallegrarsi, anche se egli segue la sua strada, diversa ma forse parallela a quella di chi crede nel Dio buono e misericordioso, Dio di giustizia, di tolleranza e di pace tra gli uomini... La responsabilità di coloro che credono in Dio, in questo Dio, è dunque smisurata: essi debbono far esistere Dio». È davvero la *quaestio princeps*. In essa s'intrecciano la vicenda umana e quella di Dio, per cui la storia dell'idea di Dio diviene anche la storia del bisogno che gli uomini ne hanno, come ben mostra Gerald Messadié. Wittgenstein sosteneva che «solo prestando attenzione a quel che diciamo Dio (a quel che se ne è detto per molte generazioni), e al modo in cui il nostro discorso su Dio è legato a quanto diciamo e facciamo in innumerevoli altre occasioni, possiamo avere l'opportunità di capire cosa intendiamo quando parliamo di Dio». Non mancano gli studi sulle manifestazioni del divino nella storia umana. Il volume di Michael Jordan, *Enciclopedia degli dei*, elenca più di 2.500 divinità; e l'autore stesso ricorda che si tratta di un elenco sommario e incompleto. Non è mia intenzione addentrarmi in questa ricerca, certamente affascinante. Accenno solamente, restando nell'ambito occidentale, alla ben nota polemica che opponeva il Dio dei filosofi al Dio della rivelazione (polemica fortemente sentita da Pascal, da Barth e dallo stesso Heidegger che, sulla scia del pensiero protestante, apre lo spazio a Dio unicamente a partire dalla teologia); oppure alla teologia apofatica, particolarmente viva nella tradizione ortodossa e nella letteratura mistica, ove emerge che di Dio si può dire più ciò che Egli non è (dimensione presente anche nella tradizione agostiniana e tomista), che quel che Egli è.

Ogni epoca si è cimentata con l'idea di Dio. Un'idea che gli uomini hanno elaborato, non in astratto ma nel contesto di un clima culturale e religioso, in genere in polemica con l'ambiente circostante o comunque in rapporto con esso. Tutto ciò è vero anche nel caso delle religioni rivelate, come accennerò più avanti. La rivelazione avviene sempre all'interno del linguaggio umano che, in questo caso, viene assunto dallo Spirito di Dio senza tuttavia che perda la sua umanità, come ben nota Piero Coda. E comunque resta tutt'intero nel suo fascino e nel suo peso, il compito dei credenti di dire Dio in modo comprensibile, a se stessi e ai propri contemporanei. Per i cristiani occidentali del XX secolo, ad esempio, si pone l'interrogativo se l'immagine di Dio da essi presentata sia stata adeguata e comprensibile, con il rischio, in caso contrario, di aver dato una mano, seppure inconsapevolmente, all'espansione dell'ateismo. E credo che una eccessiva accentuazione solo sulla esistenza di Dio, dovuta peraltro alla pervicace ostilità di un certo ateismo, forse abbia fatto porre in secondo piano l'immagine del Dio trinitario, amico degli uomini, certamente più comprensibile e più attraente del semplice Essere perfettissimo. La polarizzazione verso il Dio dei filosofi, perfetto e lontano, ha fatto porre sullo sfondo il Dio della Rivelazione, che ha scelto di abitare in mezzo agli uomini sino a condividere in tutto la loro vita. E ancora, i cristiani di oggi debbono chiedersi se, in una «società senza padre», priva di riferimenti e di sostegni, com'è quella contemporanea, non sia necessario sottolineare Dio come Padre misericordioso e vicino all'uomo, piuttosto che come Padrone della vita che severamente giudica e condanna. Un solo esempio. Manlio Cancogni ricorda: «Da ragazzo ero stato credente. Ma il mio era un cattolicesimo fondato su un Dio dispensatore di castigo: una visione un po' terrorizzante che si sposava con la mia tendenza a sentirmi un terribile peccatore». E si allontanò dalla fede. E così pure mi chiedo se non si debba insistere sull'interiorità della legge morale e sulla centralità dell'amore, piuttosto che su regole e disposizioni esteriori incomprensibili. Queste e altre simili questioni rappresentano la sfida che il passaggio di millennio pone ai cristiani perché il loro messaggio non sia irrilevante e condannato alla sterilità, ma possa parlare al cuore e alla cultura dell'uomo contemporaneo.

Dalla parte ebraica c'è chi, come Paolo De Benedetti, partendo dal dramma della Shoà, suggerisce che si mostri piuttosto cosa *non è* Dio: «Se Dio c'è, oggi ha più che mai bisogno di qualcuno che, se non sa dire ciò che egli è, dica almeno chi non è. Non nel senso della teologia negativa, ma nel senso di una distruzione (o di un tentativo di distruzione) dell'idolo metafisico e imperiale che scambiamo per Dio». Senza dubbio, dopo Auschwitz, il problema di sapere chi sia Dio è divenuto ancor più centrale. Siamo obbligati a parlare di Dio; non più della sua esistenza ma di chi davvero Egli è. Lévinas diceva che Hitler ci ha costretti a parlare di Dio, anche se lo consideriamo morto. È ovvio che le due questioni (*an sit* e *quid sit*) sono strettamente legate; non è possibile conoscere l'esistenza di qualcuno se non si sa almeno qualcosa di lui e della sua natura (Tommaso d'Aquino, ritenendo difficile conoscere il *quid* di Dio, sostiene che tramite gli effetti, *per effectus*, è possibile mostrarne almeno l'esistenza). Comunque, la domanda su quale Dio, resta in tutta la sua gravità. Nota Watté: «Messo di fronte alla scandalosa sofferenza dell'innocente, sia ch'egli si chiami Giobbe, sia ch'egli muoia sul Calvario o ad Auschwitz, il semplice teismo si trasforma definitivamente in una posizione ridicola». Lo scandalo non è che Dio possa non esistere; al contrario, lo scandalo sta nel fatto che Dio possa esistere in un mondo così come esso è. Il male con tutta la sua drammatica e inesorabile forza, in certo modo, costringe Dio all'esistenza, anche se per sconfiggerlo, magari per crocifiggerlo.

Ragione e negazione di Dio

NON VA, comunque, elusa la questione dell'esistenza di Dio; anche perché molti ancora la negano con presunti motivi razionali. Non manca chi si unisce a Levi nel dire: «La ragione mi vieta di credere nell'Aldilà, e me lo vieta, non ho scelta. Come non ho scelta (non posso cioè credere in un Dio trascendente e onnipotente, capace di interventi provvidenziali, miracolosi e imprevedibili), se la ragione mi vieta di credere in Dio *creatore del mondo*». Sono poche righe ma gli interrogativi che suscitano ne occupano ben di più: in quale senso la ragione vieta di credere in Dio? Perché essa non ha la capacità di andare oltre il sensibile, oltre il «fenomeno», per riprendere una terminologia kantiana? Perché, comunque, è a tal punto debole da non riuscire a raggiungere l'assoluto, l'infinito, il divino? Oppure perché positivamente lo esclude? O perché la scienza porta esplicitamente a concludere che Dio non esiste né può esistere? E così oltre. Sono interrogativi che da sempre traversano la coscienza umana. Nel pensiero occidentale degli ultimi secoli l'ateismo, in verità, affonda le sue radici proprio nella tradizione ebraico-cristiana, tanto da esserne essenzialmente dipendente (in genere viene indicato per questo come un fenomeno post-cristiano). Il suo influsso è stato però così forte che non pochi studiosi cristiani l'hanno considerato come un segno dei tempi, ossia come uno di quegli avvenimenti su cui la coscienza cristiana si deve interrogare. In effetti, lo stesso Concilio Vaticano II, notando che il rifiuto di Dio è passato anche attraverso l'opposizione al cristianesimo, ha sentito il bisogno di esortare i cristiani a riflettere sulle loro responsabilità circa la genesi dell'ateismo. Ovviamente, non si intende giustificare l'esistenza dell'ateismo con l'inautenticità dei cristiani; le istanze atee, infatti, possono derivare anche da ciò che vi è di autentico nel cristianesimo, come, ad esempio, il suo carattere antinomico al mondo, o la sua dimensione misterica e il suo porsi oltre la storia. Tuttavia, non c'è dubbio che l'ateismo interpella ogni credente sia per l'autenticità della sua testimonianza di fede sia per l'alterità al mondo che essa rappresenta.

Tra le varie espressioni dell'ateismo, quello cosiddetto teorico (la pretesa di negare l'esistenza di Dio con un processo puramente razionale) richiama più da vicino la posizione di Levi. Forse è stato anche quello che ha più appassionato gli uomini di cultura e che ha suscitato i dibattiti più vivaci. Fiumi d'inchiostro sono stati scritti, e non è questa la sede per evocarne il percorso. Sinteticamente si potrebbe dire che dall'ateismo scientifico (la scienza dimostra che l'ipotesi Dio non solo non è necessaria, ma è addirittura contraddittoria), prevalente nei secoli XVIII e XIX, si è passati ad un ateismo più sottile, che ha preso i tratti dell'umanesimo. È quel che viene chiamato umanesimo ateo. Se il primo comportava la negazione diretta e immediata di Dio, il secondo ha come obiettivo primario l'affermazione della centralità assoluta dell'uomo nel mondo, che postula l'annullamento di Dio. Come abbiamo già notato nel testo citato di Sartre, il problema primo è l'uomo, non Dio. In tal senso si può parlare di «ateismo postulatorio» (Max Scheler), proprio perché la negazione di Dio non è il *primum* nell'ordine logico; essa è richiesta dalla decisione di porre l'uomo al centro del reale. In altri termini, la radicale autonomia dell'uomo esige la negazione di Dio: perché l'uomo viva è necessario che Dio muoia. Questa attitudine, paradossalmente, potrebbe essere paragonata alla stessa fede. Anche quest'ultima ha le sue buone ragioni, e a mio parere ancor più stringenti sul piano della logica razionale (e, se si vuole, della scienza) di quelle portate da chi nega l'esistenza di Dio, ma non è obbligante e, al fondo, resta sempre una scelta, un rischio.

Fa riflettere che solo dal secolo scorso si possa parlare di ateismo teorico in Occidente, quando appunto le scienze fisiche e umanistiche si unirono in una sorta di accanita lotta contro Dio, tanto da farne una dominante nella cultura. L'ateismo, più che un punto di arrivo, divenne un fondamento, un punto di partenza, il clima stesso in cui ci si muoveva. Sino ad allora non era tra i problemi che segnavano il pensiero occidentale. Semmai accadeva il contrario: l'ateismo era bandito. In epoca greco-romana, gli stessi cristiani furono inizialmente accusati di ateismo. Ovviamente, neppure allora mancavano atei autentici e confessi, avversari dichiarati del divino, comunque venisse concepito. Ma erano eccezioni. Poi venne il Medioevo cristiano e islamico ove il problema dell'ateismo quasi scomparve dalla scena culturale. Se lo vediamo apparire è solo per un carattere accademico; la certezza dell'esistenza di Dio stava a fondamento di tutte le altre certezze della ragione. Così pure nei secoli XVI-XVIII, come ben mostra Lucien Febvre, era praticamente impossibile essere atei, sebbene iniziassero proprio allora le prime forti polemiche sulla natura e sull'esistenza di Dio. Con il razionalismo cartesiano tale problema assunse una nuova dimensione, tanto che alcuni scorgono proprio nel pensiero del filosofo francese i prodromi di quello che sarà l'ateismo positivo dell'epoca contemporanea. Tuttavia, sino alla fine del Settecento si rimane in genere teisti o deisti, anche se viene sempre più contestato il cristianesimo storico. I filosofi dell'illuminismo infatti non si scagliano contro l'esistenza di Dio, bensì contro sue particolari rappresentazioni, come quella del Dio giudice severo e implacabile. Lo stesso Voltaire considerava l'ateismo alla stregua della superstizione e del fanatismo, come si vede dalla voce «Dio» del suo *Dictionnaire Philosophique*. E alla Festa dell'Essere supremo, Robespierre in persona bruciò una statua rappresentante l'ateismo, accusandolo di essere aristocratico (all'epoca era la peggiore delle condanne).

È solo dopo Hegel, l'ultimo dei filosofi teologi, che iniziò un'affannosa corsa per negare Dio. Lichtenberg, all'inizio dell'Ottocento, scriveva: «Il nostro mondo diventerà così raffinato che il credere in Dio sarà tanto ridicolo come oggi credere agli spettri». E Jacobi, che lo cita, fece seguire la sua profezia: «E poi ancora di lì a poco il mondo diventerà ancora più raffinato. E si raggiungerà ben presto l'estremo vertice della raffinatezza. Il giudizio dei sapienti attingerà ancora il suo culmine: la conoscenza per l'ultima volta si trasformerà. Poi – e questo sarà la fine – poi saremo noi: crederemo soltanto agli spettri. Noi stessi saremo come Dio. Noi sapremo: l'essere e l'essenza, dovunque, è – e può essere soltanto – spettro». Sempre più prepotentemente si fece strada la convinzione che Dio fosse il concorrente più pericoloso per l'uomo, sino a che una improvvisa paura di Dio coinvolse l'intero mondo occidentale. L'alternativa era senza appello: o Dio o l'uomo e la sua libertà. Jaspers lucidamente definisce l'ateo come colui per il quale «non c'è alcun Dio, perché c'è solo il mondo e le regole del suo accadere; il mondo è Dio... il mondo è tutto, è l'unica verità». L'ateismo si delineava così nella negazione di qualsiasi dualità tra mondo e Dio: l'uno escludeva l'altro. Opporsi a Dio non era una semplice operazione teorica; si trattava piuttosto di una scelta per il monismo del cosmo che nell'uomo aveva la sua realizzazione più alta. È stato un vero e proprio conflitto tra l'uomo e Dio per la conquista della posizione centrale nell'universo. Emblematiche le parole di Nietzsche: «Ma, affinché vi apra tutto il mio cuore, amici: se vi fossero degli dèi, come potrei sopportare di non essere dio! Dunque non vi sono dèi».

È sorprendente, tuttavia, che in questa battaglia non era per nulla assente una dimensione a suo modo «religiosa». Feuerbach, tra i primi in tale impresa con il volume *L'essenza del cristianesimo*, fece un emblematico bilancio del suo itinerario spirituale: «Dio fu il mio primo pensiero, la ragione il secondo, l'uomo il terzo e l'ultimo». Restava la fede, potremmo dire, ma il suo vero oggetto era l'uomo, non più Dio, ridotto a un'invenzione del pensiero umano seppure positiva perché racchiudeva in forma sublime tutte le attese, i desideri, i sogni, la salvezza dell'uomo. Dio, insomma, era l'uomo. Le tesi di Feuerbach trovarono subito una schiera di seguaci. Engels, dopo la lettura del volume *L'essenza del cristianesimo*, scrisse: «D'un colpo polverizzò la contraddizione (quella dell'idealismo hegeliano che poneva lo Spirito fuori dell'uomo) rimettendo sul trono, senza preamboli, il materialismo... Occorre aver vissuto l'effetto liberatore di questo libro per potersene fare un'idea. L'entusiasmo fu generale; tutti diventammo per un momento feuerbachiani». Sappiamo bene come il dibattito continuò con Marx: «Più realtà l'uomo pone in Dio, meno ne conserva in sé». La religione, divenuta «l'oppio dei popoli», andava radicalmente criticata per togliere ogni illusione all'uomo. L'anarchico russo Michail Bakunin si spinse ancora più oltre: «Poiché Dio è tutto, il mondo reale e l'uomo sono nulla. Poiché Dio è il padrone, l'uomo è lo schiavo... perché contro la ragione divina non c'è ragione umana e contro la Giustizia di Dio non vi è giustizia terrena che tenga. Schiavi di Dio, gli uomini devono esserlo anche della Chiesa e dello Stato». Perciò, «a meno di voler la schiavitù e l'umiliazione degli uomini, noi non possiamo e non dobbiamo fare la minima concessione né al Dio della teologia, né a quello della metafisica».

Dicevo che in questa lotta contro Dio forse non è mai scomparsa una comprensione religiosa della vita, sì che l'ateismo (Giuseppe De Luca lo sosteneva nella sua *Introduzione alla Storia della Pietà*) l'ha sempre nello sfondo. Gli stessi sostenitori della non esistenza di Dio sono talora passati attraverso esperienze religiose che hanno segnato la loro vita: la passione nel negare il divino non vuol dire indifferenza al significato religioso della vita umana. Sartre, per fare un solo esempio, racconta un singolare episodio della sua vita: «La mia inclinazione ad elevarmi al di sopra dei beni di questo mondo era forte proprio perché non ne possedevo nessuno, e avrei trovato senza sforzo la mia vocazione nella comoda miseria in cui vivevo; rischiavo di essere una preda per la santità... Un giorno consegnai all'insegnante di religione (un prete) una composizione in francese sulla Passione... Ottenne solo la medaglia d'argento (cioè il secondo posto). Questa delusione mi sprofondò nell'empietà... Ho appena raccontato la storia di una vocazione mancata: avevo bisogno di Dio, mi fu dato, lo ricevetti senza capire che lo cercavo. Non potendo attecchire nel mio cuore, Egli ha vegetato in me, poi è morto». Ci si è accaniti contro Dio per salvare l'uomo ad ogni costo e porlo al centro del mondo: la fede in Dio fu riversata interamente nell'uomo, sino all'eliminazione di Dio; sradicarlo definitivamente dalla coscienza e dalla storia divenne una esigenza non solo teorica ma anche operativa (religiosa, direi) per consentire all'uomo di esprimere completamente se stesso. Insomma, a Bakunin e a Sartre, a Camus e a Freud, a Feuerbach e a Marx, a Nietzsche e a Engels, l'esistenza di Dio è sembrata un limite inaccettabile per la libertà dell'uomo. Questa mi pare la parabola dell'ateismo teorico occidentale (paradossalmente è analoga alla parabola del Dio biblico, il quale, pur di salvare l'uomo e porlo al culmine della creazione, manda il suo Figlio sulla terra e lascia che venga ucciso).

Il disegno era ambizioso. Si trattava di costruire un uomo nuovo ed una società nuova al di fuori della tradizione cristiana, anzi contro di essa, nella misura in cui Dio toglieva spazio all'uomo. È stata questa la grande sfida, e la tragica illusione, del marxismo che specialmente nei paesi dell'Est ha rappresentato per milioni di uomini la realizzazione dell'utopia. Sotto un altro aspetto si potrebbero dire cose analoghe sia del nazismo che del fascismo, anch'essi impegnati nel sogno di una nuova razza, superiore alle altre, che prevedeva l'ebreo come l'anti-uomo da eliminare dalla società distruggendolo radicalmente. La fede nell'uomo diventò in tutti questi casi, sebbene con modi e valenze diversi, supremazia di alcuni e oppressione degli altri (sino, appunto, all'eliminazione). Alla fine di questo secolo, il sogno prometeico dell'uomo, unico centro dell'universo, si è infranto tragicamente. Con il crollo del muro di Berlino nell'89 è certamente tramontata una terribile illusione, ma non si deve dimenticare il rischio che muoia anche ogni sogno ed ogni utopia. Emmanuel Lévinas richiama a un atteggiamento pensoso: «Abbiamo visto scomparire l'orizzonte che appariva dietro il comunismo, con la speranza e la promessa di una liberazione. Il futuro prometteva qualcosa. Con la scomparsa del sistema sovietico... il disordine ha colpito le categorie più profonde della coscienza europea». La fede comunista, che dopo la rivoluzione di ottobre del 1917 beneficiò della presenza in Europa di un gruppo di uomini privi di Dio, si iscrisse nella scomparsa della fede in Dio, ma anche nel prolungamento delle categorie messianiche giudeo-cristiane. In tal modo il comunismo, in tutte le sue varianti, conservò un'autentica struttura religiosa. Anche nelle versioni materialistiche più secolarizzate implicava l'idea di un aldilà dalla vita presente. E tanta parte del suo fascino risiedeva proprio in questa versione secolarizzata del fatto religioso. Con la sua caduta è certamente venuta meno una delle dimensioni messianiche più evidenti e più fallaci del mondo contemporaneo. Ma è assolutamente necessario evitare la scomparsa di ogni utopia e ogni fede, perché cadremmo tutti, e malamente, in un presente senza sogni né speranze.

Religione ed etica senza Dio

QUESTO RISCHIO ha portato molti a un'inversione di tendenza, registrata anche da quei sociologi che avevano previsto la fine del sacro nella città secolare. La religione si rivela non più un nemico da abbattere, o un retaggio negativo del passato da abbandonare, bensì una delle forze più efficaci per dare senso alla vita. Non c'è dubbio che i milioni di credenti che hanno traversato questi ultimi secoli – mentre impazzava l'ateismo – e hanno anche sostenuto la storia con la loro adesione a Dio e alla vita, pur con tutte le contraddizioni, permettono oggi di cogliere da questo albero frutti buoni per tutti, anche per coloro che in passato non sono stati certo benevoli verso la dimensione religiosa della vita. Tuttavia, recuperare positivamente la forza della religione non vuol dire, sostengono oggi non pochi laici, necessariamente credere in un Dio personale e trascendente. In sintesi: «Religione sì, Dio no». E ipotizzano una sorta di ateismo religioso o, se si vuole, di religione senza Dio, di trascendenza intramondana. L'etica diviene il nuovo ambito nel quale riversare il valore e il peso della religione, ovviamente svuotata del suo contenuto «teologico». Qui dovrei aprire il capitolo sul rischio – presente anche in correnti cattoliche – di ridurre la religione (in particolare il cristianesimo) a etica. È facile constatare la presenza di un ostinato moralismo che tenta in ogni modo di costringere il Vangelo al solo impegno nel mondo o di ridurlo ad un onesto comportamento, mandando in soffitta la dimensione teologica dell'esperienza cristiana (già nei primi secoli si è avuta una forte spinta a esaurire il cristianesimo in comportamenti onesti, sani, civili; basti pensare a Pelagio). Kierkegaard stronca tale pretesa: la fede può chiedere un atto di obbedienza a Dio che va contro l'ovvietà della norma etica generale, come quando è chiesto ad Abramo di offrire in sacrificio suo figlio Isacco. Essa sta sotto il primato totale del rapporto con l'assoluto, e non può essere regolata da una norma generale, astratta, che sottragga il credente all'esigenza di dover obbedire sempre e anzitutto a Dio. Il filosofo scrive: «Dio è colui che esige amore assoluto... Il dovere assoluto può condurre a fare ciò che l'etica proibirebbe, ma non può in nessun modo portare il cavaliere della fede a smettere di amare».

È certo comunque che le questioni etiche sono tornate improvvisamente in primo piano e molti laici si chiedono, con ragione, dove trovare un fondamento solido alla lunga lista di impegni morali necessari per la vita personale e associata in questo passaggio di millennio: si va, per fare solo qualche esempio, dalla necessità della moralizzazione della vita economica e politica alla lotta contro ogni razzismo, dalla urgente preoccupazione per la difesa dell'ambiente alle norme fondamentali per la bioetica, dalla lotta per la protezione delle minoranze a quella per sostenere i paesi del Terzo Mondo, e in generale alla crescita esorbitante di uno spirito egoistico che rischia di travolgere la vita dei singoli e delle comunità. Il dibattito si è fatto vivace anche in Italia. Il cardinale Martini ed Eco, in un efficace scambio di opinioni, centrano il tema sul fondamento dell'etica (un problema su cui il pensiero occidentale di tempo in tempo torna a dibattere). Comune è l'accordo per il superamento di un facile relativismo morale; confermati in questo dal moltiplicarsi di dibattiti e discussioni su una «etica planetaria» intesa anche come baluardo contro un diffuso e pericoloso imbarbarimento. Era ovvio però che riemergesse la classica opposizione dei due fronti: da una parte i fautori della universalità e obbligatorietà delle norme etiche senza dover ricorrere a Dio e, dall'altra, coloro che ritengono insufficiente una loro fondazione puramente intramondana. Umberto Eco si pone tra i primi, sebbene sostenga che «ci sono forme di religiosità, e dunque senso del sacro, del limite, dell'interrogazione e dell'attesa, della comunione con qualcosa che ci supera, anche in assenza della fede in una divinità personale e provvidente». Il cardinale Martini incalza con un chiaro interrogativo: «Su che cosa basa la certezza e l'imperatività del suo agire morale chi non intende fare appello, per fondare l'assolutezza di un'etica, a principi metafisici o comunque a valori trascendenti e neppure a imperativi categorici universalmente validi?»

Ovviamente non è in questione la vita e il comportamento dei sostenitori delle rispettive tesi. E l'affermazione «se non si crede tutto è permesso», che talora si sente fare dai credenti, non vuol dire che il non credente sia privo di codice morale. Martini lo sottolinea chiaramente: «Sono convinto che vi sono non poche persone che operano rettamente senza fare riferimento a un fondamento religioso dell'esistenza umana. So che esistono anche persone che, pur senza credere in un Dio personale, sono giunte a dare la vita per non deflettere dalle loro convinzioni morali». Aggiungerei di più; sarebbe davvero un impoverimento grave e una radicale sfiducia nella ragione se essa, capace di raggiungere Dio, non potesse trovare i fondamenti del comportamento etico. A mio parere è tuttavia necessario, una volta chiarito che non sono in questione né i comportamenti personali né la ragionevolezza delle norme morali, dare ad esse un fondamento teoreticamente saldo. Non è sufficiente affidare il giudizio etico alla semplice esperienza, o al consenso, senza radicarlo in una dimensione superiore. Qui si colloca la sfida di Martini a Eco e in genere del pensiero cattolico al mondo laico: riconoscere o meno la capacità della ragione umana di superare la semplice constatazione dei fenomeni per coglierne i fondamenti. In altri termini, anche l'etica ha bisogno della metafisica. E, ripeto, questo non vuol dire che chi non concorda con il sapere metafisico sia privo di morale. Gli uomini, per fortuna, nella loro vita quotidiana e nei loro comportamenti, sono ben più ricchi (e, si intende, talora anche più poveri) delle rispettive ideologie di riferimento, o dei mondi ideali da cui traggono ispirazione. Naturalmente non è neppure questione di facilitazioni che i credenti hanno rispetto ai non credenti sul piano dei comportamenti: «La via del bene non è più facile, o più difficile, per gli uni che per gli altri. Ognuno segue la sua strada; ma sono strade parallele».

Tuttavia, aggiunge Levi, il laico è forse meno saldo e categorico nella sua fede nel futuro di quanto non lo sia il credente in Dio. Penso abbia ragione. Se poi si considera la forza dell'istinto di violenza ch'è in agguato nel cuore di ogni persona, come anch'egli ricorda, non si può sottovalutare il peso maggiore che il richiamo alla trascendenza esercita sulla coscienza degli individui rispetto a quello che esercita la sola propria esperienza. Scrive con acutezza Zwi Kolitz in un testamento redatto da un combattente del ghetto di Varsavia mentre il cerchio della morte si stringeva attorno a lui: «Dio ha nascosto il suo volto al mondo e in questo modo ha consegnato gli uomini ai loro istinti selvaggi; ritengo quindi assai naturale, purtroppo, che quando la furia degli istinti domina il mondo, chi rappresenta la santità e la purezza debba essere la prima vittima». La questione del fondamento teoreticamente saldo dei valori, i quali perciò solo in questo caso possono godere della universalità e della continuità anche a costo della morte, resta decisiva. Senza Dio è ordinariamente più difficile esigere sacrifici e rinunce. Ricordo ancora quanto mi disse l'allora primo ministro del governo albanese, Fatos Nano, nel 1991 dopo che l'Albania era uscita da una terribile dittatura che aveva previsto, per dettato costituzionale, unico nella storia dei popoli contemporanei, l'abolizione totale di ogni segno anche minimo di religione: «Come non credente e capo di un governo comprendo il danno gravissimo fatto dal regime di Enver Hoxha nel proibire ogni forma di religiosità. Oggi non so su quali valori far leva nell'animo del mio popolo per la ricostruzione di questo paese, né come chiedere ragione di sacrifici e solidarietà».

Umberto Eco ritiene che possa esserci una morale fondata su nozioni universali, comuni a tutte le culture, poggiata cioè su quel «fatto» «naturale», «certo», incontestabile, che è il «repertorio istintivo» dell'uomo. Ma il problema sta appunto nel definire cos'è il «repertorio istintivo». Questo è saldo nella misura in cui si fonda su una ragione che coglie valori perenni e universali, e quindi non soggetta unicamente ai propri istinti o alle proprie motivazioni personali. Cosa accade, ad esempio, in un mondo in cui «istintivamente» sono i forti a comandare? Con quali motivazioni potranno essere richiamati al valore primario del bene comune? Un fondamento che non vada oltre la semplice esperienzialità o l'accordo umano si presenta troppo debole e fragile. Già Locke lo ricordava: «Quindi per stabilire l'etica sulle proprie basi, e su una tale fondazione, che possa portare con sé un'obbligazione, noi dobbiamo innanzitutto provare una legge, che presuppone sempre un legislatore dotato di superiorità e di diritto di comandare, e anche di un potere di premiare e punire secondo il tenore della legge da lui stabilita. Questo sovrano legislatore, che ha posto regole e limiti alle azioni degli uomini, è Dio, il loro autore, la cui esistenza abbiamo già provato».

La necessità di proporre una morale che aiuti ad uscire

dalle secche di un individualismo esasperato, si fa sempre
più insistente. Eugenio Scalfari, con il volume *Alla ricerca
della morale perduta*, entra decisamente in campo. E sor-
prende – per lo meno me – quando scrive: «Non stupisca
se l'ateo che io sono si sente più vicino, in questo ideale
pellegrinaggio verso alcune grandi menti che hanno dato
forma al pensiero della modernità, al solitario di Port-Royal
che non al principe degli illuministi. La morale di Voltaire
è un succedaneo della felicità individuale, quella di Pascal
punta diritto al fondamento della questione. Quella che per
Kant sarà la legge *a priori* della ragion pratica e per Scho-
penhauer la compassione verso il proprio simile, per Pascal
è la grazia che rende possibile l'identificazione con Cristo,
con la carità e quindi con l'umanità tutta intera superando
la peccatrice finitezza del se stesso». Ricordo che leggevo
con piacere queste righe, facilitato da una scorrevole prosa,
quando il passaggio successivo provocò un'improvvisa fre-
nata: «L'apparato mentale di Pascal ha fornito all'istinto di
identità della specie una meravigliosa sovrastruttura figu-
rativa; essa riveste un mistero biologico e lo innalza fino al
cielo stellato». Per Scalfari – riassumo in estrema sintesi –
la morale trova il suo fondamento nell'istinto di sopravvivenza della specie umana: «Il sentimento morale non ha la
sua sede nella ragione, non ci arriva dal cielo inviato da
chissà chi, non c'è bisogno di riferirlo a un Dio come non
è necessario un diavolo per spiegare l'amore di sé. Si tratta
in entrambi i casi di un istinto, istinto potentissimo che è
quello di sopravvivere. È così per gli uomini come per tutti gli altri animali, ma con una grande differenza: gli animali non hanno immagine di sé, non hanno costruito l'Io,
la loro soggettività è affidata a un gruppo di istinti e non alla coscienza».

Francamente mi pare un po' poco – e direi è soprattutto
troppo debole – fondare la morale sull'istinto di conservazione della specie. Anche perché l'istinto umano, in quan-

to sottoposto alla volontà di ciascuno, può subire involuzioni o comunque potrebbe obbedire anche a intuizioni e progetti perversi. Già solo un interrogativo mi turba: chi giudica cosa è bene per la conservazione della specie? Mentre leggevo questi passaggi di Scalfari ero forse suggestionato dal ricordo di una terribile pagina di Malthus, il quale, per sostenere che non spetta allo Stato aiutare i poveri ma solo ai privati cittadini, propose la raggelante parabola del banchetto: «Un uomo nato in un mondo già organizzato e che non ottiene dai genitori la garanzia per la sua sussistenza (ad essi giustamente può domandarla), se la società non ha bisogno del suo lavoro, non ha alcun diritto di reclamare la benché minima parte di nutrimento; in realtà, egli è di troppo. Al grande banchetto della natura, non c'è un posto libero per lui... Se i convitati si stringono e gli fanno posto, immediatamente si presenteranno altri intrusi, domandando lo stesso favore... L'ordine e l'armonia del banchetto sono stravolti, l'abbondanza che c'era prima si trasforma in carestia... I convitati riconoscono troppo tardi l'errore che hanno commesso contravvenendo alle indicazioni rigorose... date dall'organizzazione generale del banchetto». Cosa accade se qualcuno decide che la sopravvivenza del banchetto (o della specie) comporta l'esclusione degli intrusi? Mi rendo conto della riduttività dell'argomentare (più complesso è il procedere di Scalfari), ma talora portare al limite estremo la riflessione può giovare al confronto.

Il filosofo francese Luc Ferry, in una prospettiva anch'essa chiaramente laica, affronta in modo originale il rapporto tra etica e dimensione religiosa. Con preoccupazione, anche lui registra la perdita del senso della vita e la conseguente veloce corsa verso il privato e l'instaurarsi di una concezione egoistica dell'esistenza: «Dopo il relativo regresso delle religioni, dopo la morte delle grandi utopie che inserivano le nostre azioni nell'orizzonte di un vasto disegno, la questione del senso non trova più un luogo dove esprimersi a livello collettivo... resta confinata nell'intimità della più stretta sfera privata. Traspare solo in occasioni eccezionali, lutti o malattie gravi». È un vuoto che per di più non sembra passeggero. All'orizzonte non appaiono tracce di un nuovo grande disegno che ridia senso alla vita e significato al mondo. L'irreversibile erosione delle forme religiose tradizionali (Ferry si riferisce soprattutto al crollo del cristianesimo come religione dogmatica che fonda la morale su di un'autorità esterna all'uomo) rende, a suo avviso, strutturale la crisi etica contemporanea; né è tranquillizzato dalla definitiva sconfitta – così pensa – della religione «nemica» (o comunque estranea) della modernità. Si affretta, invece, ad aggiungere che se si vuol evitare il rischio di cadere nel baratro del nulla, non basta un semplice «ritorno all'etica». È necessario irrobustirla con i tratti della religiosità: «La morale è utile e anche necessaria: ma rimane nell'ordine negativo del divieto. Se le etiche laiche, anche le più sofisticate e più perfette, dovessero costituire l'ultimo orizzonte della nostra esistenza, ci mancherebbe ancora qualche cosa, per la verità l'essenziale. E questo qualche cosa, naturalmente, ci è rivelato nel modo più chiaro dall'esperienza di quei valori che i comunitaristi chiamano carnali o sostanziali. A cominciare dal più alto: l'amore (sia degli individui sia delle comunità di appartenenza)».

L'etica, sostiene con originalità Ferry, è sostenibile unicamente se la si coniuga con la dimensione del sacro. Un'etica puramente razionale è troppo ristretta e non ha la forza di liberare l'uomo dall'essere un semplice meccanismo della natura. Sento, tuttavia, l'eco delle parole di Guardini: l'etica spiega, spinge, sostiene, giudica, esalta, colpevolizza, ma non salva. Ferry, ovviamente, non esce dalla prospettiva della soggettività, sebbene voglia sottrarsi dall'asfissia del non senso e del ripiegamento egoistico. E rivendica una vera e propria spiritualità laica, che egli scorge sulla via di una trascendenza immanente, l'unica che, sempre all'interno di un umanesimo religioso ma ateo, può far uscire l'umanità dal vuoto. Non basta perciò il semplice umanesimo che vede la realizzazione della pienezza nell'autenticità e nella rigorosa osservanza dell'imperativo morale: «La volontà di realizzare una perfetta immanenza a sé è destinata a fallire. Per una ragione di fondo... l'esigenza di autonomia, così cara all'umanesimo moderno, non sopprime la nozione di sacrificio, né quella di trascendenza. Semplicemente, ed è questo che bisogna capire, implica una umanizzazione della trascendenza e, quindi, non lo sradicamento, ma piuttosto uno spostamento delle figure tradizionali del sacro». Si passerebbe perciò da una trascendenza «verticale» a una trascendenza «orizzontale»; il sacro scende dal monte alla valle e apre un varco verso una «religione dell'Altro». Lo sforzo del filosofo francese si concentra nell'interpretazione dell'umanesimo moderno nel suo versante spiritualista, ove l'amore è il valore più chiaro e più forte. Quasi a fargli eco, anche Vaclav Havel lamenta che «la civiltà moderna ha perduto ogni rapporto con l'eternità e l'infinito: lo sviluppo delle tecnologie ci ha privati di ogni senso di umiltà. Ora è urgente un profondo cambiamento, io direi: una rivoluzione spirituale».

Le riflessioni di Ferry, senza dubbio suggestive, offrono un materiale abbondante di dibattito e aprono piste meritevoli di approfondimento. Non mi fermo ad esaminare la sua interpretazione estremamente riduttiva del cristianesimo (si oppone decisamente alle posizioni espresse da Giovanni Paolo II nella *Veritatis Splendor*) circa la valenza della trascendenza «verticale». Al di là di quanto egli scrive ritengo però necessario che la riflessione cristiana entri con maggior coraggio dentro la questione della «soggettività» che qualifica tutto il pensiero filosofico ed etico contemporaneo. È vero che «circola ancora poco *individuo*» e, aggiungerei, poca libertà. Eppure nella tradizione cristiana vi sono non pochi stimoli e suggerimenti in questo campo. Non è questa la sede per trattare il tema della libertà cristiana, ma senza dubbio è un fraintendimento sostenere la radicale incompatibilità tra autorità e autonomia personale nel cristianesimo. Non si vogliono ovviamente negare le deviazioni che la storia presenta, anche se si deve al cristianesimo il fatto che la libertà sia considerata ancora oggi il punto di riferimento essenziale della cultura occidentale. Tuttavia quando si parla di autonomia e di libertà nella tradizione cristiana, i due termini vanno intesi all'interno di un orizzonte spirituale proprio che comporta anche un'irriducibile alterità con il pensiero laico contemporaneo. Tutto ciò, comunque, non rinchiude i cristiani in un ghetto culturale, al contrario li spinge a un dialogo più serrato con la cultura laica. In ogni caso il pensiero cristiano deve saper mostrare cosa vuol dire essere afferrati dallo Spirito di Dio, e in che senso la libertà può coincidere di fatto con l'obbedienza e l'autonomia con la dipendenza.

Nella riflessione biblica la libertà cristiana si caratterizza, oltre che per il suo rapporto drammatico con il peccato, soprattutto per il suo stretto legame con il Cristo, il quale «facendosi obbediente sino alla morte e alla morte di croce» chiuse definitivamente il tempo della schiavitù e aprì quello dell'obbedienza. In tal senso la suprema obbedienza di Cristo è il culmine della libertà del cristiano. Non c'è, perciò, contraddizione tra il Vangelo e l'obbedienza ad esso, perché questa parola, come dice il Concilio Vaticano II, «svela pienamente l'uomo all'uomo». Per il credente la «soggettività», ossia la coscienza, è determinante perché è il luogo dove si realizza il rapporto diretto con il Vangelo. Significative le parole del Deuteronomio: «Questo comando che oggi ti ordino non è troppo alto per te, né troppo lontano da te. Non è nel cielo perché tu dica: Chi salirà per noi in cielo per prendercelo e farcelo udire sì che lo possiamo eseguire? Non è al di là del mare, perché tu dica: Chi attraverserà il mare per prendercelo e farcelo udire sì che lo possiamo eseguire? Anzi, questa parola è molto vicina a te, è nella tua bocca e nel tuo cuore, perché tu la metta in pratica». Agostino aveva forse presente proprio questo passo della Scrittura quando scriveva che «*in interiore homine habitat veritas*», è dentro l'uomo che abita la verità. È indiscussa tradizione teologica che la voce della coscienza (ovviamente retta) sia il criterio ultimo di obbedienza. C'è una felice espressione del Concilio Lateranense IV che mi piace riportare: «*Quidquid fit contra conscientiam aedificat ad Gheennam*», quel che avviene contro la coscienza costruisce l'inferno.

Non si può, tuttavia, negare che la riflessione cristiana sulla soggettività e la libertà sia stata debole; negli ultimi due secoli la questione sociale, per fare un solo esempio, ha avuto senza dubbio un peso ben maggiore sia nei pronunciamenti del magistero che nella riflessione dei teologi. Bisogna attendere il Vaticano II per avere un documento ufficiale sulla libertà di coscienza. E finalmente suonano chiare le parole di Giovanni Paolo II: «La libertà di coscienza... è essenziale per la libertà di ogni essere umano... Nessuna autorità umana ha il diritto di intervenire nella coscienza di alcun uomo». E aggiunge: «Una seria minaccia per la pace è costituita dall'intolleranza, che si manifesta nel rifiuto della libertà di coscienza degli altri. Dalle vicende della storia abbiamo appreso dolorosamente a quali eccessi può condurre».

Una dimensione da sottolineare nelle riflessioni di Ferry è quella del mistero. Egli la rivendica come determinante nella interpretazione della morale: «[I valori], malgrado siano radicati nella coscienza degli uomini più che in una Rivelazione autoritaria, conservano una parte ineludibile di mistero... senza questo mistero, non saranno solo le trascendenze a scomparire ma, contemporaneamente a esse, anche l'umanità dell'uomo in quanto tale, ridotto a un semplice meccanismo naturale: quello del principio della ragione». Ne nasce un umanesimo spirituale, non materialista, che suppone nell'uomo la presenza di una dimensione sacrale: «trascendenze misteriose, sacre, che ci uniscono perché sono rivolte all'universale, ma che sono anche un rapporto con l'eternità, con l'immortalità». Insomma, per Ferry, è necessario divinizzare l'umano per farlo uscire dalla gabbia riduzionista e materialista. E l'alternativa che abbiamo non è tra religione dogmatica e materialismo determinista, poiché il rifiuto degli argomenti basati sull'autorità, a suo parere, è un fatto ormai definitivamente acquisito. La vera linea di divisione passa all'interno dello stesso umanesimo moderno, tra la sua interpretazione materialista e quella spiritualista. In questo si oppone al suo amico, André Comte-Sponville, di convinzioni materialiste, per il quale ogni tipo di trascendenza va comunque cancellata. La prospettiva spiritualista deve riappropriarsi – qui è la sostanza dello sforzo di Ferry – del vocabolario e del messaggio della religione cristiana. Non a caso per definire questo nuovo umanesimo egli usa il termine «umanesimo dell'uomo-Dio», proprio del cristianesimo. Solo la dimensione spirituale rende comprensibili e possibili quegli atteggiamenti etici che sono universalmente richiesti; emblematico l'esempio che porta: «La differenza tra un tedesco che sceglie il nazismo e un altro tedesco, magari della stessa famiglia, che si arruola nella resistenza, non potrà mai essere spiegata dalla biologia... a meno, con un singolare ribaltamento, di dar ragione alla stessa ideologia nazista».

Gli si affianca, sebbene da un'altra prospettiva, il filosofo buddista giapponese Hoseki Shiniki Hisamatsu, monaco zen. In un singolare dialogo con la filosofia contemporanea occidentale, in particolare con il nichilismo heideggeriano, egli tende a collocarsi oltre la contraddizione

– così lui la chiama – tra un puro antropocentrismo e un puro teocentrismo: «La soluzione di tale contraddizione va ricercata muovendo nella direzione in cui, da un lato, l'ateismo viene riconosciuto, mentre dall'altro, allo stesso tempo si nega l'uomo. Un indirizzo di questo tipo potrebbe venire individuato da qualche parte. Non si riesce a fermare semplicemente presso l'uomo, ma non si riesce nemmeno a uniformare al teismo. Insomma deve esserci una religione atea», una «trascendenza immanente» che si radica non nel totalmente Altro, ma nel totalmente Sé. Trascendere l'umano – sostiene il monaco – non vuole dire senz'altro diventare teisti. In tale contesto egli inserisce la tradizione buddista dell'assenza di un Dio trascendente (non tutte le scuole buddiste sono d'accordo con tale impostazione), con la riproposizione della centralità dell'esperienza del Sé. L'uomo del terzo millennio dell'era cristiana, a suo parere, non deve più cercare il senso dell'essere in un Dio trascendente, bensì nella ricerca di se stesso. In una linea analoga, ma con un più esplicito dialogo con il cristianesimo, si colloca Minegishi, giovane monaco buddista zen giapponese. Egli invita a non fermarsi sul problema della esistenza di Dio e della sua personalità per concentrare l'attenzione sulla questione dell'interiorità ove buddismo e cristianesimo possono trovare un terreno comune.

Questo dialogo tra etica «religiosa», cristianesimo e buddismo è ricco di prospettive di sviluppo. Ovviamente la riflessione di Ferry coglie ancora più direttamente il cristianesimo, visto il suo tentativo di costruire una spiritualità laica basata sull'impianto culturale cristiano che sta alla radice del pensiero occidentale. Egli si distanzia, comunque, da coloro che semplicemente ricercano valori etici a cui aggrapparsi, ritenendo necessaria una visione più larga e più robusta della spiritualità. Di qui l'utilità di un confronto che, proprio per tale aspirazione, diventa più decisivo e assieme più arduo. Per assurdo potremmo dire che Ferry cerca un cristianesimo laico, con tutti i problemi che una tale operazione comporta. Quel che mi pare, comunque, meritevole di non poca attenzione è la sua convinzione che per giungere a tale umanesimo spirituale è necessario affidarsi al mistero, a quell'*oltre* che supera i singoli individui e che salva la stessa umanità dal non senso. In tal modo egli pone un'apertura che rende il suo disegno passibile di ulteriori sviluppi e arricchimenti. Significative, non a caso, le conclusioni che portano tutte verso il primato dell'amore come fondamento dell'intera vita umana.

La ragione e l'esistenza di Dio

＊────────────＊

«LA RAGIONE mi obbliga a non credere», dice il laico. La ragione non mi obbliga a credere, – rispondo io – ma neppure mi impedisce di credere. Semmai, mi spinge alla fede, e con buone ragioni. Ritengo perciò molto saggia la convinzione della Chiesa cattolica sulla capacità della ragione umana di raggiungere Dio. La nuova enciclica di Giovanni Paolo II, sui rapporti tra la ragione e la fede, che è un ulteriore passo in avanti della riflessione magisteriale, è un inno alla ragione e alle sue capacità di cogliere il reale, basandosi proprio sul dato rivelato (suggestivi i passaggi tratti dai libri sapienziali e dalle lettere di Paolo). Si direbbe che la fede è senza dubbio la migliore sostenitrice della ragione, anche perché – e qui troviamo uno dei punti più significativi del testo papale – ambedue vengono colte nel loro legame originario. Fede e ragione, seppure distinte, non sono separate e reciprocamente incomunicabili, come in genere ritiene il pensiero filosofico contemporaneo. C'è, invece, una originaria complementarietà che, senza intaccare la loro distinzione, permette un vicendevole e salutare sostegno. La fede offre alla ragione la possibilità di percorrere nuovi territori, mentre quest'ultima permette che l'atto sia libero. Si potrebbe dire che senza la fede è difficile risanare pienamente la ragione; e senza la ragione la fede stessa resta astratta e non umana. L'una ha bisogno dell'altra.

Per quanto concerne la capacità della ragione naturale di raggiungere Dio, il Vaticano I non dice che essa «dimostra» l'esistenza di Dio, ma semplicemente che può «conoscerne» con certezza l'esistenza. Va comunque notato che conoscere significa molto più che dimostrare, poiché richiede un processo vitale complesso che coinvolge l'uomo intero, nella sua dimensione personale ed esperienziale, senza fermarsi unicamente all'aspetto intellettivo puro. Così recita la Costituzione dogmatica *Dei Filius*: «Dio, principio e fine di tutte le cose, può essere conosciuto con certezza con il lume naturale della ragione umana partendo dalle cose create». Come si vede è un'affermazione non sui modi ma unicamente sulla possibilità di conoscere Dio e comunque non sulla facilità di compiere tale itinerario. Il Concilio intese opporsi sia al fideismo che al tradizionalismo, sostenendo che la ragione umana può raggiungere Dio partendo dalla realtà del creato. Tuttavia, parla di conoscenza in senso generale e non di un modo di procedere razionale per via logico-argomentativa, sì che il termine ragione usato nel testo non è legato a un particolare sistema teorico di riferimento. Ovviamente, la fede resta un dono impareggiabile che non viene dalla ragione ma da Dio e riguarda ciò che Egli vuole rivelare. Tommaso d'Aquino ritiene che essa è necessaria anche per alcune verità raggiungibili dalla sola ragione (precisamente l'esistenza e l'unicità di Dio) a motivo della loro profondità e difficoltà, sì che sono ben poche le persone capaci di fare tali operazioni logiche.

Cosa concludere? Tommaso sembra suggerire che la sola ragione umana trova molte difficoltà nel percorrere il cammino verso Dio con le sole sue forze. E questo fa dire ad alcuni che le ragioni del non credere hanno un loro peso logico e una loro verosimiglianza. Sergio Quinzio, nel suo stile paradossale, riporta lo stesso elenco di «ragioni» sia per credere che per non credere. In ogni caso, mi pare meritevole di attenzione la fiducia che il magistero cattolico pone sulla ragione la quale, seppure ferita dal peccato, non è a tal punto debilitata da non poter conoscere con certezza la verità. Essa è, assieme, forte e debole, autonoma e bisognosa di aiuto. E guai a costringerla ad una pericolosa divaricazione tra le due sponde. Tale antropologia aiuta ad evitare ingenue e pericolose esaltazioni o condanne. Nella sua debolezza – è questa la convinzione del cristianesimo – l'uomo mai perde del tutto l'impronta divina, base indistruttibile su cui si fonda la dignità della persona umana e quindi il valore della stessa ragione.

Il primo ad avventurarsi in modo esplicito nella dimostrazione dell'esistenza di Dio, basandosi unicamente sulla «sola ragione», è sant'Anselmo d'Aosta. La sua operazione giunge dopo mille anni di cristianesimo e, in certo modo, incontra la modernità. Scrive Karl Jaspers: «Con Anselmo rinasce la filosofia occidentale. Egli sta, come Parmenide, al punto d'inizio». Non so se tale giudizio pecchi di esagerazione; senza dubbio però il nome di Anselmo torna tra i primi ogni qualvolta si affronta il problema di Dio. Egli, peraltro, non poteva concepire una chiara distinzione tra filosofia e teologia, tra fede e ragione, come oggi la si intende, visto il clima scritturistico e patristico che egli respirava, per il quale, com'è noto, non esisteva una reale autonomia tra le due dimensioni. Era, tuttavia, sua intenzione offrire una dimostrazione razionale dell'esistenza di Dio, non per una semplice esercitazione teorica, ma per venire incontro alle nuove prospettive culturali che esaltavano la ragione e il suo compito.

«Dopo aver pubblicato un opuscolo come esempio di meditazione sulla razionalità della fede – scrive nel *Proslogion* – cominciai a chiedermi se non si potesse trovare un solido unico argomento che si provasse da se stesso e non avesse bisogno di nessun altro da sé, e che fosse da solo capace di sostenere che Dio esiste veramente.» Questo pensiero lo preoccupava molto, ricorda Eadmero di Can-

terbury, suo biografo: «Il riflettervi gli toglieva da un lato
la voglia di mangiare, dall'altro di bere e di dormire, ed era
la sua angustia maggiore e gli turbava la sua concentrazio-
ne nell'adempimento dei suoi uffici divini... Ma ecco che
una notte, durante una veglia di preghiera, la grazia di Dio
illuminò il suo cuore e l'intera questione gli apparve chiara al suo intelletto riempiendogli di gioia e di esultanza
ogni intimo recesso dell'anima». Il racconto riecheggia la
medioevale tradizione della via illuminativa che fa muovere il ragionamento di Anselmo dal concetto di Dio così
come egli lo ha per la fede («Ora noi crediamo che tu sia
qualcosa di cui nulla di maggiore si può pensare») verso
nuovi approdi razionali. Posta questa premessa, infatti,
prosegue: «Ciò di cui non si può concepire niente di maggiormente perfetto esiste non solo come idea, ma anche nella realtà (altrimenti non sarebbe, senza l'esistenza reale,
l'ente del quale non si può pensare nulla di più perfetto)».
E conclude: «Dunque Dio – appunto, l'ente di cui niente
di più perfetto si può pensare – esiste sia nel pensiero che
nella realtà».

Tale argomento, chiamato ontologico, cerca di cogliere
l'esistenza di Dio a partire dal concetto stesso (a priori) che
ne abbiamo, senza bisogno di altri passaggi oltre quelli della logica formale. In verità, fin dall'inizio, Anselmo venne
criticato perché con il suo procedere logico non considerava la distanza tra il pensiero e l'essere. Come ho già accennato, il ragionamento del monaco, separato dal contesto nel
quale si muoveva, forse è stato mal compreso. La sua ricerca infatti è da collocare all'interno dell'ambito della fede
che cerca una sua intelligibilità (fides quaerens intellectum); e il metodo è quello delle rationes necessariae (in tal
senso filosofico), applicate però ad un oggetto teologico.
Ma, facendo dialogare fede e ragione, filosofia e teologia,
non manca di modernità; anzi, è forse proprio questo il motivo di un suo crescente successo, particolarmente nella teo-

logia contemporanea, che l'enciclica *Fides et ratio* non manca di sottolineare, dopo che Barth, Heidegger e Wittgenstein vi hanno posto una singolare attenzione.

Tommaso, inserito in un contesto culturale diverso da quello anselmiano, non prende avvio dal concetto (dall'idea di Dio) ma dall'esperienza, e di qui fa partire le note cinque vie, una sorta di cinque itinerari che conducono verso Dio. Esse rappresentano la sintesi di un complesso processo di riflessione passato attraverso la filosofia aristotelica e arricchito dal pensiero di filosofi musulmani come Avicenna e Averroè, cui sono da aggiungere personalità ebraiche come Maimonide. Tommaso non a caso parla di «vie» più che di «prove». Non per attutirne il rigore logico (il numero cinque corrisponde alle cinque cause che strutturano il cosmo, secondo la lettura tomistica), quanto per sottolineare che si tratta di «itinerari» verso Dio e non di fredde conclusioni logiche. Il punto di forza di tali itinerari sta nella saldezza dell'esperienza e nella incontrovertibilità delle deduzioni logiche; l'esperienza da sola non basta, è cieca; così pure i principi universali, di per sé evidenti, senza un rapporto con la realtà restano astratti. L'incontro tra le due istanze è il cuore del procedimento. Tommaso, comunque, pur ritenendo valide tutte e cinque le vie, sostiene che «la prima e più evidente via è quella che si desume dal moto. È infatti certo e consta anche al senso che alcune cose sono in moto in questo mondo». L'aspetto esperienziale, posto come punto di partenza indiscusso per lo sviluppo logico successivo, è interpellato e organizzato, potremmo dire, dal principio di causalità: «Ora, tutto ciò che si muove è mosso da un altro. Infatti niente si trasmuta che non sia potenziale rispetto al termine del movimento; mentre chi muove, muove in quanto è in atto. Perché muovere non altro significa che trarre qualche cosa dalla potenza all'atto; e niente può essere ridotto dalla potenza all'atto se non mediante un essere che è già in atto». Tommaso continua: «Ora non si può procedere in tal modo all'infinito, perché altrimenti non vi sarebbe un primo motore e di conseguenza nessun altro motore». Di qui la conclusione: «Dunque è necessario arrivare ad un primo motore che non sia mosso da altri; e tutti riconoscono che esso è Dio». Come si nota, il procedere logico è lineare e chiaramente guidato sui binari della forma sillogistica che presiede alla consequenzialità delle diverse affermazioni o giudizi. Questa stessa struttura logica è applicata anche alle altre quattro vie (dai quattro diversi punti di partenza), che conducono all'unica conclusione: l'esistenza di Dio.

La questione dell'esistenza di Dio non rispondeva, in verità, a un problema reale ma solo al bisogno di una sistemazione logica del sapere. In questo senso le «cinque vie» tomiste non erano tese a convincere, ma solo a sistematizzare logicamente il processo. Credo che davvero pochi, da allora a oggi, siano giunti a concludere l'esistenza di Dio unicamente attraverso di esse. Non sono inutili, ovviamente; ma che possano guidare sino all'assenso appare difficile. E seppure si giungesse a concludere sull'esistenza di un motore immobile, siamo ben lontani ancora da scoprirlo come Dio. L'assenso all'esistenza di Dio, infatti, richiede un coinvolgimento della persona così forte e radicale da rendere assolutamente insufficiente un argomento di pura logica formale. In un dibattito con il filosofo Antiseri sul rapporto tra fede e ragione, il cardinale Ruini, a tale proposito nota: «Perciò non si può giungere ad affermare l'esistenza di Dio attraverso un percorso soltanto razionale, senza mettere in gioco la nostra libertà. Le vie che l'intelligenza ci propone non sono pertanto cogenti, ma richiedono l'assenso e l'impegno di tutta la persona, con la sua libertà». Per questo non crea nessuno stupore l'affermazione del filosofo francese, Félix Le Dantec, sostenitore dell'ateismo scientifico: «Una cosa mi ha sempre particolarmente stupito: che i credenti di tutti i tempi hanno cercato e fornito prove dell'esistenza di Dio. E, naturalmente, tutte queste prove sono irrefutabili per coloro che le utilizzano. Disgraziatamente sono tali soltanto per loro: provano che essi credono in Dio, e tutto è lì». Lo stesso Tommaso forse non assegnava questo compito alle cinque vie, per lo meno se vengono sottratte dal contesto. Esse, tuttavia, se non sono importanti per la fede, lo sono certamente per la sua intelligenza critica, ossia per la teologia la quale è comunque sfidata dalla dimostrabilità razionale dell'esistenza di Dio. Una cosa infatti è portare alla fede e un'altra è mostrarne la ragionevolezza: l'adesione a Dio non è sciolta da ogni legame con la ragione. Questo mi pare il valore più forte degli itinerari proposti da Tommaso d'Aquino. È come dire che il puro fideismo non basta, e non solo in teologia. Non si crede al buio. La fede non è assenza di luce; semmai è a tal punto un eccesso di misteriosa luminosità, da accecare. E comunque gli itinerari tomistici, o altri analoghi, restano un forte invito alla fede, un appello non facilmente eludibile o accantonabile.

Mi pare peraltro suggestiva l'interpretazione del pensiero di Tommaso non schiacciato totalmente su un procedimento rigidamente logico-razionale. Gianni Baget-Bozzo ritiene che le posizioni teologiche dell'aquinate, comprese le cinque vie, lungi dall'essere indebolite sono invece rafforzate se inserite nel contesto mistico proprio di Tommaso, per il quale «*omne verum a quocumque dicatur a Spiritu Sancto est*», ovvero, qualsiasi verità, da chiunque venga affermata, proviene dallo Spirito Santo. La vicenda dell'ultimo anno di vita di Tommaso sembra suggerirlo. Reginaldo da Piperno racconta che il teologo, dopo una visione avuta a Napoli il 6 dicembre 1273, decise di non scrivere più di teologia perché lo scritto era troppo impari alla visione: dopo la Messa «non scrisse né dettò più nulla e appese anche gli strumenti per scrivere», era «*tam quam stupefactus et mutus*», muto e in uno stato di perenne stupore, nota stupito Reginaldo. Il bue muto, lo chiamarono. E alle sue insistenze perché riprendesse a scrivere, Tommaso rispose: «Non posso. Tutto ciò che ho scritto mi sembra paglia in confronto a ciò che ho visto e che mi è stato rivelato». La sorella Teodora, presso cui Tommaso si era recato per un po' di riposo, chiese a Reginaldo: «Che cos'ha fra Tommaso? È completamente fuori di sé e quasi non mi ha rivolto parola», e lui: «Il maestro è frequentemente rapito nello spirito quando s'immerge nella contemplazione, ma mai così a lungo come ora l'ho visto alienato dai sensi». Per Tommaso la visione beatifica (quindi l'esperienza mistica) era la fonte e il culmine della teologia, come appare dalla sua dottrina sui doni dello Spirito Santo, tra i quali l'intelletto che presiede anche al ragionamento teologico per il raggiungimento della verità. L'aquinate sostiene che tali doni non procedono dalla ragione ma sono appunto doni aggiunti dello Spirito. E il dono dell'intelletto non si chiama ragione, ma appunto intelletto «perché questa luce aggiunta sta alle realtà divine rivelate come l'intelletto umano che intuisce immediatamente le cose». La conoscenza teologica (e forse anche quella razionale, nel suo proprio modo) non è possibile senza la mistica, o se si vuole, senza l'esperienza del mistero.

Dopo Tommaso, il salto storico è d'obbligo: Immanuel Kant. È lui il demolitore per eccellenza delle cinque vie. Egli, com'è noto, non mette in discussione l'esistenza di Dio, ma solo la possibilità che la disciplina filosofica che se ne occupa (la metafisica) possa dimostrarla: «La metafisica, come disposizione naturale della ragione, è reale, ma per sé sola è anche dialettica ingannatrice. Se, dunque, vogliamo da essa prendere i principi e seguire, nel loro uso, la parvenza certo naturale, ma non di meno falsa, non possiamo mai trarre fuori una scienza, ma soltanto una vana arte dialettica». Tale stroncatura viene motivata con l'impossibilità della conoscenza umana di spingersi oltre il fenomeno, oltre ciò che appare. Il presunto punto di partenza esperienziale (su cui si basa tutta la metafisica tradizionale) si volatilizza nel secondo passaggio costituito dall'intervento dei principi generali, i quali non sono altro che semplici concetti, ossia strutture *a priori*. Kant ha buon gioco nel costringere le cinque vie dentro la prova ontologica anselmiana criticata dallo stesso Tommaso. E si sente perciò costretto a elaborare un altro percorso per giungere a Dio, che sarà per lui quello morale. Il contesto culturale in cui egli operava era completamente diverso da quello di Tommaso. La visione tolemaica del mondo, secondo cui la terra immobile stava al centro del creato con i cieli, attorno e sopra, ben strutturati e in movimento, ciascuno spinto da un motore, rendeva normale ai tempi di Tommaso pensare che nell'universo tutto avesse una causa e che perciò ogni cosa si potesse spiegare con la catena causa-effetto. Non più così all'epoca di Kant, quando le cognizioni scientifiche erano divenute ben più complesse e anche più rispondenti alla verifica sperimentale rispetto alle essenze e alle sostanze con cui si muoveva il ragionamento tomista. La fisica qualitativa aristotelica e con essa la teoria del movimento delle cause e del divenire, era soppiantata dal nuovo sapere scientifico strettamente dipendente dalla osservazione, e quindi dai dati empirici che non dovevano essere oltrepassati. Ecco un passo di Kant: «Molte forze della natura, che attestano la loro esistenza mediante certi effetti, sfuggono ad ogni nostra penetrazione, perché l'osservazione non ci conduce abbastanza avanti sulle loro tracce... La cosa, certamente, è data, ma non è conoscibile». Senza procedere oltre, è però necessario sottolineare la disparità di approccio al reale tra i due grandi pensatori. Tutto ciò spinge a contestualizzare le loro riflessioni e comunque a evitare giudizi affrettati.

Ma quel che accadde per Tommaso si ripete per Kant. Il

clima culturale nel quale egli operava è oggi decisamente cambiato. Il paradigma scientifico di riferimento degli scienziati contemporanei non ha nulla a che vedere con quello a cui Kant faceva riferimento. La visione newtoniana della realtà, con la sua impostazione meccanico-determinista, non spiega più molti fenomeni sia del microcosmo che del macrocosmo. Nuove interpretazioni scientifiche si fanno strada, da quella della relatività di Einstein a quella della meccanica quantistica di Planck, Born, Heisenberg, e altri ancora; e soprattutto si afferma una nuova visione della stessa conoscenza scientifica. Ci si avvale sempre più di modelli per rappresentare quella parte della realtà non direttamente esperibile e osservabile. Su questa strada anche la teoria kantiana della conoscenza è messa in questione. La scienza scavalca di molto i confini dell'esperienza ordinaria, e il suo oggetto è ben al di là di quello ritenuto empiricamente penetrabile dal filosofo tedesco. L'immaginario gioca un ruolo sempre più ampio nell'invenzione scientifica, come ben mostra Gerald Holton. È operazione normale per gli scienziati inoltrarsi, a partire dai dati verificabili, verso il non dato. Il legame tra teoria scientifica ed esperienza non solo è molto più debole rispetto al passato, ma ha assunto valenze diverse, sì che la «teoria» non può dirsi un riflesso, seppure articolato, dei «fatti» verificati. Questa convinzione faceva dire ad Einstein: «Non è mai possibile introdurre esclusivamente delle quantità osservabili in una teoria. È la teoria che decide ciò che può essere osservato». Ugo Amaldi, interrogandosi su cosa si deve intendere per «verità» nel campo della scienza, ricorda un terzo elemento tra vero e falso, l'indecidibile, che gli scienziati ormai ritengono necessario nell'elaborazione delle loro ipotesi scientifiche. Scrive: «I risultati delle ricerche di questo secolo hanno infatti obbligato i fisici a riconoscere che esistono problemi scientifici per i quali è *impossibile* decidere se la risposta data è vera oppure falsa. Si tratta per lo più di problemi che riguardano l'evoluzione nel tempo o di sistemi microscopici oppure di sistemi macroscopici complicati. In molte circostanze non si può dire né che la risposta data è vera, né che essa è falsa; essa va qualificata come *indecidibile*, ricorrendo quindi a una *logica a tre valori* (vero, falso e indecidibile) ben diversa dalla logica classica a due valori del "vero o falso". Questa indecidibilità è qualificata di "intrinseca" per sottolineare che essa non è legata alla mancanza di conoscenza di alcuni dati del problema; essa *non* è dovuta a rimediabile ignoranza, ma è componente sostanziale del conoscere scientifico». Sono parole significative nel quadro delle nostre riflessioni, e se c'è un campo verso cui esse spingono è quello del mistero del reale. Egli stesso mette in guardia da un realismo ingenuo non più difendibile, ed esorta a passare ad una visione del mondo intesa come una rappresentazione analogica del reale. Seguendo questa linea di pensiero ci addentreremmo dentro quella frontiera ormai sempre più tenue tra scienza e filosofia, tanto che alcuni si chiedono se la prima non stia soppiantando la seconda nella ricerca delle risposte ultime sull'origine e sulla fine dell'universo. Forse si tratta di un fenomeno destinato a progredire e che porterà la scienza a espropriare non pochi terreni ritenuti di dominio proprio della filosofia. Certo è che la metafisica, o comunque la filosofia, deve ritrovare il suo status nel consesso del sapere scientifico, ove ricollocare anche le prove dell'esistenza di Dio. In tale contesto trova ancor più ragione la nuova enciclica di Giovanni Paolo II per il sostegno alla metafisica e a un suo rilancio nel contesto del pensiero contemporaneo.

La scienza e la fede

◆————◆

«SCIENCE FINDS God.» È un recentissimo titolo di copertina di *Newsweek*. L'autore dell'articolo fa riferimento ad una ricerca del 1997 secondo cui il 40 per cento degli scienziati americani, a seguito delle ricerche scientifiche degli ultimi decenni, crede nell'esistenza di un Dio personale; e un numero sempre crescente pensa che ci sia almeno una intelligenza ordinatrice che presiede l'architettura degli universi. L'editore, nel numero successivo della rivista, riporta alcune lettere e nota che l'articolo ha suscitato un enorme interesse presso scienziati e gente comune, credenti e non credenti. Le posizioni sono tutte «appassionate» e polarizzate; si va da chi risponde, «piaccia o no, la scienza e la religione si completano a vicenda» a chi, invece, sostiene che «scienza e religione sono come l'acqua e l'olio, sempre opposti e incompenetrabili». E qualcuno con ironia dice: «Non sapevo che la scienza aveva perso Dio. Mi sembrava piuttosto che gli scienziati si erano persi». Tutto ciò è un ulteriore conferma dell'interesse che il rapporto tra la scienza e la fede suscita nell'immaginario collettivo. Negli Usa il dibattito appassiona ormai da anni il grande pubblico. A parte l'inchiesta del settimanale cui ho accennato, basta dare uno sguardo alla sezione «Religions» nei *bookshop* per accorgersi della crescita delle pubblicazioni su questo tema. Conviene spendervi qualche parola.

È piuttosto nota la tormentata storia del rapporto tra scienza e fede soprattutto a partire dall'illuminismo che considerava la fede un salto nell'irrazionale. Certo è che spesso la scienza viene chiamata in causa per negare l'esistenza di Dio o anche, più raramente forse, per dimostrarne l'esistenza. Dico subito che non credo spetti alla scienza affermare o negare Dio, essendo un compito che esula dal suo ambito di ricerca. Anzi ci si può chiedere se un eccessivo peso dato alle cosiddette «prove scientifiche» dell'esistenza di Dio, non abbia contribuito all'avvento dell'ateismo moderno allorché queste «prove» sono state distrutte dalla critica o superate da nuove ipotesi. Credo sia più corretto parlare del rapporto che gli scienziati (e tutti coloro che in qualche modo – e sono molti – pongono interesse ai temi scientifici) hanno con la fede. Mi trovo perciò vicino alla posizione di Amaldi, il quale afferma che è in questione non il rapporto tra la fede e la scienza, bensì quello tra gli scienziati e la fede. Costoro, infatti, quando si pongono la domanda su Dio, è ovvio che la carichino di tutto il peso del loro bagaglio scientifico. Tuttavia – continua Amaldi – quando «lo scienziato attraversa il confine della scienza compie un moto dell'intelletto che, nel quadro della metafora, può essere qualificato come un passo di trascendenza orizzontale. "Trascendenza" perché con questo termine si suole indicare sia l'esistenza di un confine che la presenza di qualcosa che si trova al di là del confine stesso. "Orizzontale" perché si muove nel piano metaforico ove sono distribuite tutte le domande esistenziali e filosofiche che gli uomini della nostra tradizione culturale si pongono». Si tratta perciò di adottare criteri di giudizio diversi da quelli strettamente scientifici, tra i quali Amaldi predilige quello della testimonianza, sul quale tornerò più avanti.

Si dovrebbe piuttosto guardare tale problematica con una visione più ampia e interrogarsi su cosa voglia dire cre-

dere in Dio nell'età della scienza. Oppure quale influsso
ha la scienza e il suo metodo in chi crede o in chi comunque cerca la verità. Queste, e altre analoghe, mi paiono le
domande corrette da porsi quando si affronta il rapporto tra
scienza e fede. Comunque, per aiutare a capire l'attuale situazione si possono schematicamente individuare tre posizioni circa tale rapporto. C'è anzitutto l'opinione di coloro per i quali la scienza ha ridotto sempre più lo spazio per
un eventuale intervento divino nel mondo sino ad azzerar-
lo. Se in passato si credeva indispensabile il riferimento a
Dio come iniziatore dell'universo e come garante del processo, ora la mentalità scientifica non lo ritiene affatto necessario. Così ad esempio pensa il fisico John Wheeler, citato da Paul Davies, per il quale «l'universo è necessario, e
contiene in se stesso la giustificazione della propria esistenza»; anche Stephen Hawking afferma che il cosmo è
autosufficiente e quindi in grado di legittimare se stesso. È
chiaro che per costoro la ragione vieta di credere in un Dio
creatore del mondo. Ci sono altri scienziati che, con parere opposto, ritengono superate le teorie deterministiche
della fisica classica come quelle indeterministiche delle di-
scipline scientifiche moderne che espungevano l'ipotesi
Dio dal loro orizzonte. Costoro sono convinti che Dio è
una delle probabilità che non si può più escludere. Trinh
Xuan Thuan, astrofisico giapponese, va oltre. Egli, pur
non accettando le tradizionali prove filosofiche dell'esistenza di Dio, è dell'avviso che la scienza odierna ha più
di qualche ragione per ammettere l'esistenza di Dio: «L'u-
niverso è regolato con estrema precisione. Occorre poco
più di una decina di numeri per descriverlo: la forza di gra-
vitazione, la velocità della luce, la cifra che misura la dimensione degli atomi, la loro massa, la carica degli elettro-
ni, ecc. Ora basterebbe che uno di questi numeri fosse diverso e l'universo non esisterebbe (noi compresi, di conseguenza). Si tratta di un congegno a orologeria assai delica-

to, poiché, con lo scarto di qualche decimale, nulla accadrebbe e l'universo risulterebbe sterile. Il big-bang originale doveva possedere una certa densità; le stelle, produrre carbone; la terra, trovarsi ad una certa distanza dal sole; l'atmosfera, avere una buona composizione. Era necessario tutto questo, perché comparisse la vita. Erano possibili migliaia d'altre combinazioni. I fisici le ricreano in laboratorio, ma nessuna ha originato la vita. Questo concorso di circostanze è troppo straordinario perché il caso ne sia il solo responsabile. Ecco perché sono certo che c'è un Creatore». Insomma, la scienza contemporanea con sempre più frequenza si trova di fronte al dilemma: Dio o il puro caso, come scrive Bartholomew.

Mi pare, tuttavia, più saggio sostenere la posizione di coloro che pongono la scienza e la fede su piani diversi, con logiche che normalmente non si intersecano e le cui verità pertanto non entrano in contraddizione. Come diceva Galileo: «La Bibbia insegna ad andare in cielo e non come è fatto il cielo». Il «concordismo» del secolo scorso è improponibile; né credo si debba accettare un suo ammodernamento, come ipotizza una certa gnosi contemporanea che vuole trovare Dio nei limiti della scienza. A ragione Schlegel scrive: «L'alterità di Dio (vista come una sorta di dualismo dagli gnostici) non è tragica nel cristianesimo. Anzi dà senso alla Redenzione, alla legge di carità data da Cristo, affinché Cristo sia tutto in tutti». La polemica sull'accordo o lo scontro tra fede e scienza, insomma, mi pare piuttosto datata. E, quando riemerge, continua a procurare guasti. Com'è accaduto allorché Giovanni Paolo II ha ribadito che l'evoluzionismo non è contro la dottrina della creazione (scherzando, Jean Guitton, diceva che essere tratti dagli animali è più nobile che essere tratti dalla polvere), fatto salvo il problema dell'anima. Il Papa non ha pronunciato nulla di nuovo, ma ugualmente ha suscitato un polverone.

Ci sono tuttavia terreni di confine ove scienza e fede si incrociano. E in questi campi va incoraggiata la corrente di quei teologi e scienziati che pongono in un più stretto dialogo scienza e fede. Per quanto riguarda il tema della dimostrazione incontrovertibile dell'esistenza di Dio non credo sia compito della scienza affrontarlo, anche perché nel sapere scientifico nulla vi è di certo, né negli asserti generali (le teorie) né in quelli particolari (le proposizioni che descrivono fatti). È peraltro da tener presente che la maggior parte degli scienziati contemporanei che si confrontano con l'origine e la fine dell'universo sempre più tendono ad escludere che un edificio così complesso, perfetto e improbabile come sono gli attuali universi sia frutto del puro caso. Si affaccia allora l'ipotesi Dio, o comunque di una Intelligenza superiore, che appare più ragionevole per la comprensione del cosmo. Ian Stewart scrive: «O Dio sta giocando a dadi, o sta facendo un gioco più profondo che non siamo ancora riusciti a sondare. Io sono d'accordo con Einstein, e mi piace molto di più la seconda idea». Se è vero che nessuno può pensare di conseguire verità definitive nel campo scientifico, è altrettanto vero però che nessuno è in grado di contestare la fondatezza e la plausibilità di una teoria che ipotizzi in un Ente supremo – e non in una casualità – l'artefice di questi incredibili universi. Gli esami e gli esperimenti tentati nei laboratori, pur non escludendo in via di principio l'origine casuale dell'universo, la fanno ritenere enormemente improbabile. In ogni caso – ed è quello che mi preme sottolineare – la scienza, se vuol restare fedele al suo statuto epistemologico, non può escludere l'ipotesi Dio dal suo orizzonte. Anche per essa, Dio è possibile, pur non potendo mai fondarne l'esistenza. Mi chiedo, comunque, se per lo scienziato credente non sia più consono, anche dal punto di vista scientifico, cercare le tracce del divino nel carattere imprevedibile e misterioso dell'universo piuttosto che nel suo normale e razionale scorrere. Insomma, più che cercare se c'è l'orologiaio che guida impeccabilmente il mondo, è utile spiare il mistero dell'imprevedibile. Questo vorrebbe dire che l'atteggiamento da avere non è quello dell'analista che troverà al termine del processo l'oggetto della ricerca, quasi che Dio lo si colga necessariamente alla conclusione, ma quello dell'uomo che si lascia toccare dallo stupore e dalla meraviglia del mistero del mondo che si impone positivamente.

Ma il Dio della tradizione ebraico-cristiana non è troppo piccolo rispetto all'immensità degli universi? Levi sembra suggerirlo: «Davvero non posso conciliare con questo quadro cosmico, come oggi noi lo vediamo, ancorché imperfetto, con i nostri occhi, strumenti e calcoli, l'idea ebraico-cristiana del Dio che ha per suo fine e compito quello di governare la vicenda terrestre della specie *homo sapiens*. Tanto meno posso crederlo, visto che di questa idea di Dio conosciamo abbastanza bene la storia e l'evoluzione. I creatori, o i rivelatori di questo Dio... sono a noi relativamente vicini nel tempo». Certo è incomprensibile che il Dio del cielo e della terra si sia occupato, anzi appassionato, di quel piccolo e sparuto popolo di ebrei, per di più schiavi e dispersi in Egitto. A dire il vero Dio stesso lo ricorda al suo popolo: «Il Signore si è legato a voi e vi ha scelti, non perché siete più numerosi di tutti gli altri popoli – siete infatti il più piccolo di tutti i popoli – ma perché il Signore vi ama». E i santi d'Israele ne hanno chiara coscienza. Il salmista canta stupefatto, ammirato e per certi versi schiacciato, l'amore di Dio per l'uomo: «Cos'è l'uomo perché ti ricordi di lui?» Traducendo, in base alle attuali conoscenze scientifiche, possiamo chiederci come sia possibile che un Dio, che dovrebbe effondersi per miliardi di anni e per spazi infiniti, si concentri praticamente in un istante della storia (qual è quella che stiamo vivendo da qualche migliaio di anni). L'interrogativo posto da Levi è per lo meno analogo a quello del salmista e, senza dubbio, a quello di ogni credente. Le conclusioni sono però diverse, e ovviamente quella della fede non concorda con quanto scrive Levi: «Ma la storia della natura, a partire dalle origini dell'universo, in quel breve arco di migliaia, o centinaia di migliaia di anni in cui si sta compiendo il nostro destino, in verità non consentono di vedere alla loro origine, come Primo motore, il Dio di questa singolare specie animale, formatasi, attraverso successive trasformazioni che conosciamo bene e di cui conosciamo anche i tempi, su questo piccolo, insignificante terzo pianeta della stella chiamata sole. Qui le due fedi divergono e si allontanano l'una dall'altra». In effetti, è proprio qui la grandezza del mistero di amore per gli uomini del Dio degli universi. Per tale amore non c'è ragione. Ma non è così di ogni amore? E l'amore non è sempre anch'esso un mistero?

La ragione debole e la fede

TRA UNA persistente nostalgia della metafisica e l'esperienza dell'oblio dell'essere, che soprattutto Nietzsche e Heidegger hanno annunciato alla nostra cultura, in Italia si è affermata una tendenza filosofica che si presenta sotto il nome di «pensiero debole». Lascio ad altri il dibattito attorno a questa denominazione, spesso fraintesa come una sorta di rinunciatario scetticismo. La riflessione è tuttavia urgente: lo sviluppo positivo che il pensiero antropologico ha avuto, rischia di essere strozzato dal ripiegamento dell'uomo su se stesso. Questo mi pare scalzare l'opinione di coloro che vedono nel pensiero debole uno spazio privilegiato per la fede. Tuttavia, l'intento prettamente dialogico di queste riflessioni mi spinge a scendere negli «inferi» della debolezza per cogliere anche qui – se c'è, come io credo ci sia – l'anelito verso Dio. Non è questione di lasciarsi prender la mano da una nuova tendenza culturale, magari perché maggioritaria; è certamente utile però coglierne i termini più maturi e consapevoli, senza peraltro tacerne le eventuali aporie. Non manca chi, magari con tono un po' provocatorio, ritiene che le istanze più profonde del «pensiero debole» possano trovare coerente sviluppo solo nell'orizzonte di un'autentica metafisica dell'essere. E chissà che non possa essere proprio la fede a venire in soccorso di una ragione ritenuta debole per mo-

strarne le sue insperate potenzialità. Mi pare perciò doveroso dialogare con la posizione di chi vede la condizione di
debolezza come la più consona per aprire il proprio essere
a Dio.

Vattimo, con ardita riflessione, giunge a interpretare il
fenomeno della secolarizzazione persino come un ponte tra
cristianesimo e nichilismo. Il filosofo torinese, ritenuto tra
gli iniziatori di questa corrente filosofica individuata appunto come pensiero debole, usò questa espressione nei
primi anni Ottanta. Con essa non voleva intendere anzitutto l'idea di un pensiero più consapevole dei suoi limiti
che abbandona le pretese delle grandi visioni metafisiche
globali, quanto piuttosto una teoria dell'indebolimento come carattere costitutivo dell'essere stesso nell'epoca della
fine della metafisica. Non si tratta perciò semplicemente
dell'affermazione circa la debolezza della ragione, bensì di
una lettura nichilista del pensiero heideggeriano i cui ri-
flessi sono evidenti nella cultura e nella situazione storica
contemporanea. Vattimo offre solo qualche tratto di tale
debolezza dell'essere: la scienza parla di oggetti sempre
meno confrontabili con quelli dell'esperienza quotidiana;
la tecnica e la produzione configurano un mondo sempre
più artificiale, ove i bisogni naturali si confondono con
quelli indotti dal mercato; anche la storia, dopo la fine del
colonialismo e la dissoluzione dei pregiudizi eurocentrici,
non ha più un senso unitario e si è disgregata in una quantità di storie irriducibili ad un filo conduttore unico. E così oltre. Tale lettura «debolista» della storia contemporanea
(che esclude l'esistenza di un reale «forte» posto fuori del-
l'essere e della storia), porta Vattimo a leggere in essa una
sorta di trascrizione della dottrina cristiana dell'incarna-
zione del figlio di Dio. Insomma, nichilismo filosofico contemporaneo e *kènosis* biblica si incrociano, e non solo
astrattamente: «Torno a pensare seriamente al cristianesimo – scrive – perché mi sono costruito una filosofia ispi-

rata a Nietzsche e Heidegger e alla luce di essa ho interpretato la mia esperienza nel mondo attuale». E non si scandalizza della circolarità della sua interpretazione che a qualcuno potrebbe sembrare viziosa, ma che forse manifesta quell'aiuto reciproco che fede e ragione possono darsi: «Molto probabilmente mi sono costruito questa filosofia preferendo questi autori perché muovevo proprio da quella eredità cristiana che adesso mi sembra di ritrovare ma che, in realtà, non ho mai davvero abbandonato».

Il crollo della metafisica spinge altri, Dario Antiseri è tra questi, a ridisegnare comunque il rapporto tra fede e ragione. Gli interrogativi che pone sono ovviamente gravi e stringenti: è opportuno, oggi, fondare la fede su affermazioni filosofiche che possono essere contraddette? Non si rischia in tal caso di indebolire la stessa fede? Al contrario, egli dice, «forte è la ragione debole», perché offre uno spazio evidente all'apparire della fede. Senza nessun dubbio, il dibattito in questo campo dovrebbe essere portato avanti con maggiore coraggio e lucidità nelle diverse scuole filosofiche e teologiche, e in questo penso sia di nuovo aiuto l'enciclica *Fides et Ratio*. Non è certo sufficiente abbandonare il tomismo dicendo che oggi non ha più forza teorica e che vive solo in poche «nicchie ecologiche protette». È piuttosto singolare in verità che filosofi contemporanei di cultura soprattutto inglese (come Austin e Ryle) mostrino una attenzione del tutto nuova verso Tommaso, soprattutto per quel che riguarda l'analisi del pensiero e dell'azione concettuale, tanto da poter supporre un suo ritorno di attualità.

Per altro verso non credo si possa liquidare superficialmente la complessità teorica del cosiddetto pensiero debole. Se, infatti, si va un po' indietro nella storia della filosofia, si trova già un vivace dibattito circa la debolezza della ragione e quindi sulla sua incapacità a raggiungere con certezza la Verità. Per fare qualche esempio prima di Kant si possono ricordare i nomi più noti: Charron, Montaigne, Pascal, Huet. Tutti costoro, sottolineando i limiti della ragione, hanno pensato di fare un notevole servizio alla stabilità e alla forza della fede. Montaigne è deciso: «L'idea della certezza è una specie di dimostrazione di follia e di incertezza estrema», e aggiunge che «la peste dell'uomo è la presunzione di sapere». Si dice convinto che nulla vi è di certo; ed esorta ad essere sempre pronti al cambiamento, a correggersi e a migliorarsi. Tutto ciò non è né contrario né dannoso per la fede; ne può essere anzi una preparazione. «La fede – aggiunge Pascal – è un dono di Dio. Non crediate che diciamo che è un dono del ragionamento... La fede è differente dalla dimostrazione: questa è umana, quella è un dono di Dio.» E continua: «Il supremo passo della ragione sta nel riconoscere che c'è un'infinità di cose che la sorpassano. È ben debole, se non giunge a riconoscerlo. Se le cose naturali la trascendono, che dire di quelle soprannaturali?» Di un certo interesse è la posizione di Huet, vescovo d'Avranches, per il quale «la natura dell'huomo è tale che non può conoscere chiarissimamente e certissimamente la verità colla sua propria forza». Non pone a caso i due avverbi assoluti per specificare quale tipo di conoscenza umana egli rifiuta. Infatti – chiarisce il vescovo – dire che l'intelletto umano non è capace di verità certe ed assolute, non significa che esso vive nel buio e nell'incertezza più totale e che non coglie la verità, ma solo che l'uomo non è capace di verità assolute. Ovviamente, non poteva mancare la reazione dei sostenitori della posizione più tradizionale. Ludovico Antonio Muratori rispose violentemente accusando il vescovo di riprendere il veleno di Montaigne e di spargerlo intorno: «Una bella sparata egli fa con dire di voler con tali dottrine addimesticar l'Uomo a nulla credere, per gittarsi poi totalmente in braccio alla Fede, e credere tutto quel ch'essa insegna, per difficile e scuro che paia». In verità, dice Muratori, «se l'animo è disposto e fissato a dubitar di tutto, dubiterà anche de gl'insegnamenti della Fede».

Ma è Kant lo spartiacque tra chi ritiene la ragione capace di giungere a Dio e chi, appunto come il filosofo tedesco, pensa che la «pura ragione» non ne abbia le forze. La tesi kantiana divise immediatamente e profondamente il mondo cattolico tedesco. Da una parte il benedettino Matern Reuss, seguito da altri studiosi come Joseph Weber, Andreas Metz e Sebastian Mutschelle, per i quali il cristianesimo aveva tutto da guadagnare dalla posizione kantiana; dall'altra, il gesuita Benedikt Stattler e la maggior parte dei pensatori cattolici, i quali si opposero in modo violentissimo al distruttore della ragione umana. Senza voler ripercorrere la complessa vicenda delle interpretazioni kantiane, riprendo unicamente l'interrogativo di Antiseri: «Non è maggiormente plausibile e più accettabile per un cattolico una filosofia, la quale, eliminando le pretese di una ragione volta a popolare l'universo di entità metaempiriche, sradica anche l'arroganza pseudo-razionale di qualsiasi posizione materialistica e atea, lasciando libero lo spazio della fede?» La filosofia dovrebbe condurre l'uomo sino al punto della scelta tra l'assurdo e la speranza, tra l'apparizione di Dio – come direbbe Heidegger – e l'assenza di Dio. In effetti, ci si può chiedere se l'annuncio di fede, nell'attuale contesto culturale, propenso a sottolineare i limiti di una ragione incapace a toccare la sponda dell'aldilà e quindi anche a negarla, non sia favorito e non sia accolto con maggiore libertà. Gadamer non manca di sottolineare che l'intento fondamentale di Kant fu quello di «dimostrare al sapere i suoi confini per fare spazio alla fede», come egli stesso aveva detto: «Ho limitato il sapere per far posto alla fede».

Su questa strada sono significative le reazioni del filosofo francese Maurice Clavel, tra gli iniziatori dei *nouveaux philosophes*, per il quale né la scienza, né la filosofia, neppure quella cristiana, sono in grado di offrire all'uomo ciò di cui egli ha veramente bisogno, ossia quella

Verità in base alla quale poter vivere e morire: «Noi non possiamo conoscere Dio che attraverso Dio... E se Dio si è personalmente disturbato per rivelarsi agli uomini, vuol dire che l'uomo non poteva arrivare a conoscerlo in nessun altro modo... La rivelazione cristiana esclude dunque l'esistenza, la legittimità di qualsiasi filosofia cristiana, ma anche di ogni filosofia in generale». E, legandosi a Kierkegaard, continua: «Sì, Kant ha liberato lo spirito da ogni dogmatismo, Dio da ogni filosofia: l'ha messo al sicuro dai dottori e dai sapienti. "Via regale di Kant", dice magnificamente Kierkegaard!». La sostanza della posizione dei fautori del pensiero debole si esplicita nel dire che la fede in Dio o la credenza atea sono esiti di un'opzione radicale che va oltre la filosofia. E per certi versi (potremmo dire *de facto*) non si può non concordare; Luigi Pareyson suggerisce: «La filosofia non interviene per scegliere fra l'esistenza e l'inesistenza di Dio, perché la scelta è già fatta, né per dimostrare eventualmente l'esistenza di Dio, perché l'esistenza e l'inesistenza è già creduta. La scelta tra l'esistenza e l'inesistenza di Dio è un atto esistenziale di accettazione o di ripudio, in cui il singolo uomo decide, a suo rischio, se per lui la vita ha un senso oppure è assurda, giacché a questa opzione si riduce in fondo e senza residuo questo dilemma».

Fatte queste riflessioni, non si deve però confondere la fede con la dimostrazione filosofica dell'esistenza di Dio; i piani sono diversi, sebbene non separati (ricordo qui la posizione di Tommaso sulla difficoltà di raggiungere Dio con la sola ragione). Così pure non è detto che la scelta di Dio (è in ciò che consiste la fede) sia la conseguenza di un processo di pura logica razionale che porta a concludere all'esistenza del motore immobile. Il cardinale Ruini lo fa notare ad Antiseri in una «piccola risposta» alle tesi da lui esposte. È ovvio, scrive il cardinale, che la ragione non possa mai fondare la fede, la quale trova il suo fondamento solo in Dio che si rivela. Ma poiché essa è una scelta piena e vitale che riguarda tutto l'uomo deve coinvolgere anche la ragione stessa, appunto, all'interno della scelta del credere e nel cammino che conduce verso di essa. Ruini si ferma poi, seppur brevemente, a mostrare la contraddittorietà della posizione filosofica che nega la possibilità stessa di ogni conoscenza della realtà, la quale peraltro è esigita dalla essenziale storicità della fede cristiana. È chiaro che la questione centrale è se la ragione sia capace di una conoscenza vera e certa della realtà, o meno. E questo non vuol dire affatto che si tratta di una conoscenza perfetta, totale e assoluta. Tuttavia la contraddittorietà della posizione di costoro non riguarda i contenuti di quell'affermazione o negazione, essa si verifica tra il contenuto stesso e l'atto di affermare o di negare che lo pone. E, comunque, è ormai superato – ha ragione il cardinale – un approccio razionalistico alla questione dell'esistenza di Dio così come, ad esempio, ha avuto spazio nella filosofia neoscolastica; e si fa sempre più urgente un nuovo approccio a tale tematica che dialoghi trasversalmente tra scienze, filosofia, teologia e altre dimensioni del pensiero, come l'arte e la letteratura.

Severino e l'impossibilità della fede

✦ ❖ ✦

CON EMANUELE SEVERINO il pendolo della ragione schizza dalla parte opposta: la ragione è forte, anzi è unica e sola, a tal punto da nullificare la fede, ogni fede. Il filosofo bresciano critica severamente coloro che attraverso il pensiero debole pensano di trovare un argine per sopravvivere ad una modernità distruttrice di ogni immutabile. La vera «onda lunga» egli dice, e in questo si unisce all'anatema heideggeriano, muove verso la civiltà della tecnica, ove appunto non il pensiero debole ma la tecnica si pone come sapere risolutivo sia dei problemi materiali che spirituali dell'umanità. L'unica salvezza – sostiene Severino – sta nel ripartire nuovamente dall'affermazione originaria dell'Essere; tesi complessa e suggestiva, che mi riporta ai miei anni giovanili quando un comune amico, Enrico Nicoletti, fu colpito dal rigore del ragionamento severiniano.

Il punto di partenza del filosofo bresciano – mi fermo unicamente agli aspetti legati al tema della fede – è la sostanza stessa del credere che, a suo parere, è determinata dal «non esitare». Il credente è colui che nell'atto di credere non dubita: «La condizione perché ci sia fede è di non esitare nel cuore, di non aver dubbi. Ebbene è proprio di questa fede, di questa assenza di esitazione, che si deve dire: No, non esiste, non può esistere». Ovviamente, Severino non parla del processo diacronico tra fede e dubbio (l'alternarsi di momenti di fede a momenti di dubbio). Egli intende il momento specifico della fede, fosse anche solo un breve istante della vita come un lampo in una lunga notte di dubbio. Ebbene, questo lampo non è tutta luce. Il suo stesso interno è radicalmente segnato dal buio, dal dubbio. Il buio sta dentro il lampo stesso, ne è anzi momento costitutivo.

Due frasi del Vangelo di Marco richiamano l'attenzione di Severino. La prima: «Chi crederà sarà salvo; chi non crederà sarà condannato», e l'altra quando Gesù dice che la vera fede è quella di chi «non esita in cuor suo». Ebbene, sostiene il filosofo, nessuno può possedere una fede priva di dubbi; quindi il credente come voluto da Gesù non esiste, né può esistere: «La definizione stessa che la fede cristiana dà di sé costringe ad affermare che il credente, quale è preteso da Gesù – il credente che *non haesitaverit in corde suo* – non può esistere... Ma mentre Gesù dice: *qui crediderit salvus erit: qui vero non crediderit condemnabitur*, sembra che, all'opposto, si debba dire che, proprio perché nessuno crede e tutti dubitano (tutti coloro ai quali è giunto l'annuncio), nessuno può essere condannato». Severino passa poi alla nota frase della Lettera agli Ebrei: «La fede è l'argomento (*élenchos*) delle cose che non appaiono». È facile proseguire: l'assenso della ragione alle cose che non appaiono non nasce dall'evidenza delle cose in se stesse (esse infatti non appaiono), bensì dalla volontà del credente. La fede, pertanto, conduce a trattare come visibile ciò che visibile non è; esclude, quindi, per principio la partecipazione dell'intelletto, proprio perché l'oggetto della fede non è evidente. È necessario – e qui Severino si inscrive nella tradizione classica – l'intervento della volontà, la quale, mossa dalla grazia, spinge l'intelletto ad accettare come evidente (ossia vero) ciò che evidente non è. Ecco come la fede viene profanata dal dubbio nel suo stesso costituirsi originario, al punto che senza il dubbio non c'è neppure la fede. Quindi, la fede è impossibile. Continua ancora il filosofo: «Questa fede (la fede cristiana) non esiste. Non intendo riferirmi ad una semplice inesistenza di fatto, ad una situazione storica in cui la fede non sia ancora o non sia più: la fede non esiste, nel senso che non può esistere; la sua esistenza è una impossibilità. E quindi è una impossibilità l'esistenza stessa dei fedeli e della loro *ekklesía*».

L'argomentare di Severino è diretto contro tutto il pensiero occidentale al cui interno egli colloca anche il cristianesimo. L'illusione dei credenti sta tutt'intera dentro quella più grande dell'Occidente che si basa sulla fede nel divenire: «La fede fondamentale dell'Occidente è la certezza che il divenire sia, esista». E più avanti conclude: «Quindi il puro credere in Cristo non esiste, e il cristiano non crede, ma crede di credere, così il fedele dell'Occidente (e la fede cristiana è una grande abitatrice della fede fondamentale dell'Occidente) non esiste come puro fedele: anch'egli crede di credere, crede di esser certo della suprema evidenza del divenire e così crede perché isola ciò di cui è certo dal dubbio che inficia questa sua certezza, e lascia che solo questa certezza penetri nel linguaggio e prenda spicco. Anche il credere di credere è una fede e quindi, come ogni fede, è accompagnato dal dubbio – sì che nell'atto stesso in cui isola dal dubbio il credere in cui crede, questo secondo credere isola anche se stesso dal dubbio da cui è accompagnato». La fede, per l'insanabile contraddizione che le appartiene nel suo stesso concepirsi, può esistere solo come alienazione. Ma in tal modo, ponendosi come ciò che essa non è, ossia come verità, diviene radicalmente violenta e intollerante. Per questo Severino ritiene che la fede rappresenti la forma originaria della violenza: «La fede in quanto tale è intollerante – risponde a Mathieu – perché, da un lato, è la prevaricazione che privilegia il proprio contenuto rispetto ai contenuti antagonisti che hanno un egual diritto ad essere privilegiati e a divenire prevaricanti... dall'altro lato la fede è intollerante perché spinge nell'inespresso e nell'inconscio il dubbio». A chi gli chiede: «Ma lei in che cosa crede?» Severino risponde che ogni individuo è un credente, «crede nel suo mondo, sia esso il mondo greco, o cristiano, o orientale, o tecnologico o altro ancora. Anche l'individuo che non crede in Cristo è un credente. Ogni individuo è un credente, proprio perché non è la verità». Ma poi c'è l'affondo, che mostra la consequenzialità del filosofo: «Ciò che conta non è che qualcuno sia un dichiarato non credente: è la verità a essere dichiaratamente non credente. La verità è negazione della fede, di ogni fede, e dunque anche della fede cristiana, perché la fede in quanto fede è errore, e l'errore, in quanto errore, è fede».

La radicalità della critica severiniana alla fede è una coerente conseguenza del suo argomentare ed è quindi all'interno di questo piano che può essere elaborata una risposta. Pur esulando da queste pagine tale intento (rinvio ai lavori di chi è più competente di me, come Salmann e Scilironi, per un'analisi più completa), azzardo qualche riflessione. La prima riguarda la concezione stessa della «fede» che egli sembra ridurre unicamente al momento «intellettuale». Vi tornerò più avanti, ma già da ora si può sottolineare che la «fede» (o meglio, l'atto di fede) è molto di più del suo contenuto veritativo e va ben oltre la semplice adesione intellettuale. Tra il serio e il faceto, un vecchio sacerdote mi diceva che il diavolo conosce bene tutte le verità di fede, molto meglio di chiunque altro, ma non per questo si può dire che abbia fede. In verità, già nella Lettera di Giacomo si scrive: «Tu credi che c'è un solo Dio? Bell'affare! Anche i demoni credono a questo», e Tommaso vi torna sopra. A parte la bonaria argomentazione del sacerdote, c'è però nelle sue parole una verità: la fede va oltre la prospettiva puramente intellettiva e sillogistica cui Severino sembra restringerla. L'intelletto non è la sola facoltà che partecipa alla elaborazione dell'atto di fede, e non è neppure l'unico strumento che coglie il contenuto della fede. Le stesse pagine evangeliche – non basta prendere qualche frase, per di più incorporandola in un sistema logico che le è estraneo – mostrano la semplicità e assieme la complessità dell'atto di fede.

L'atto di fede coinvolge, oltre il piano intellettivo, tutto il complesso di quelle decisioni che l'uomo prende per la vita e che richiedono la partecipazione dell'intera persona, come accade ad esempio nell'innamoramento. Un amico, laico e non credente, mi diceva che per lui l'esistenza di un Essere superiore è scontata. E l'argomentare è semplice: se è assurdo pensare che questo libro si sia fatto da solo, è certamente molto più assurdo credere che l'universo, una realtà ben più complessa del libro, si sia creato da solo. E, aggiungeva scherzosamente: «Questo qualcuno, che ha messo mano all'universo, come minimo lo chiamo Dio». Ma il problema della fede non si gioca sul versante logico delle cause, bensì su quello del coinvolgimento dell'intera vita attorno a questo Dio. «La fede – diceva sempre questo amico laico – consiste nell'innamorarsi o meno di Dio. Capisco allora – e concludeva – la mia posizione di non credente: sono uno che non si è innamorato di questo Essere che ha posto mano all'universo.» Il ragionamento è semplice, ma non manca di efficacia; e comunque mostra che la fede si muove su di un piano che richiede la partecipazione di tutte le dimensioni che compongono la persona umana. Si potrebbe parlare di un'esperienza originaria, di un «esistenziale» del nostro essere, di una vera e propria epifania dell'amato a cui ci si lega totalmente e profondamente. L'orizzonte della certezza della fede, pertanto, non esclude affatto l'impasto con il dubbio, che peraltro è solo uno degli aspetti dell'atto di fede. Severino sembra accorgersi della complessità di questo atto, e tenta di chiarire il rapporto tra fede e amore, in linea con la tradizione tomista. Ma è da notare che solo dal medioevo, con il prevalere della *ratio*, si accentua l'aspetto intellettivo della fede, senza comunque far cadere la circolarità tra fede, speranza e carità, che proprio in quest'epoca vengono chiamate virtù teologali (determinante è l'influsso aristotelico). La fede, comunque, mai è stata concepita come puro assenso esteriore a proposizioni che non si comprendono.

Alla base della costruzione logica di Severino sembra esserci una scelta precostituita che porta ad opporre radicalmente fede e verità. Ho accennato alla fede, forzosamente costretta al solo momento intellettuale. Ma Severino sembra ridurre anche la verità a prodotto solo della logica, di quella logica che ha come cardine il principio di non contraddizione. Il rischio, se così posso dire, è una sorta di *reductio ad unum* (il vero legato alla pura costruzione logica) della complessa struttura della coscienza umana. Mi chiedo: e se la struttura originaria del sapere comprendesse la coabitazione tra fede e ragione? Se queste due dimensioni fossero non due parti contrapposte ma due figure distinte e non separabili della struttura originaria della coscienza individuale? Su questa linea sembrano muoversi, per fare due soli esempi, sia il teologo cattolico Pierangelo Sequeri, che Catherine Chalier, di ispirazione ebraica. Severino sceglie l'abbraccio immediato con l'Assoluto, l'Immobile, la Verità (il fondamento è nel principio di non contraddizione, sebbene egli dica di voler andare oltre). In lui la fatica della storia sembra annullata, le contraddizioni della vita appaiono attutite e il dramma della morte è radicalmente reciso. Allontanandosi dal grande tradimento dell'Essere, consumato dall'Occidente, Severino esprime una nostalgia struggente dell'Uno. «Da che l'orizzonte originario del pensare è la fede nel divenire degli enti non può non essere impossibile ogni metafisica e ogni ontologia che si illuda di poter pervenire a una dimensione immutabile al di sopra o al centro del divenire», e continua: «Se esiste l'Eterno (comunque esso venga concepito) – lo dice a proposito di Leopardi – le cose del mondo non possono provenire dal nulla, ma provengono dall'Essere, che già le contiene; il nulla diventa essere, il divenire è cancellato». Si potrebbe dire che Severino fa un grande atto d'amore – nel senso di una scelta eccezionale – per l'Eterno; un atto di amore per il Vero e per l'Uno che sta al di là di tutto e abbraccia tutto. E in questo è un grande atto di fede. In certo modo egli pone all'inizio (o meglio lo pone semplicemente) ciò che avverrà alla fine della storia, quando – come dice Paolo – «Dio sarà tutto in tutti». E si potrebbero sentire in lui – conoscitore attento di san Tommaso – gli echi dell'affermazione dell'aquinate che tutte le cose esistono *ab aeterno* in Dio, o quelli di certe intuizioni mistiche che annullano il tutto in Dio.

Ma il divenire, è solo apparenza? E l'apparire e lo scomparire dei sentimenti, dei pensieri, delle cose non fanno anch'essi parte del Tutto, dell'Essere? Ed è davvero inaccettabile trovarsi di fronte ad una presunta (per noi) contraddizione? Il genio di Dostoevskij spingeva in questa direzione: «Ammetto che due più due fa quattro sia una cosa eccellente, ma, se si deve ormai fare l'elogio di tutto, vi dirò anche che due più due fa cinque è una cosina affascinante... Un Dio che non pretende l'impossibile, non è Dio, ma un idolo di bassa lega». Anzi, «Dio esige solo l'impossibile». È il rifiuto della ragione che già troviamo in Tertulliano quando diceva del messaggio di Cristo: *certum est quia impossibile est?* O la conclusione razionale di Nicola Cusano quando parlava della *coincidentia oppositorum* di fronte alla grandezza del mistero, con la conseguente distruzione del principio di non contraddizione? E, paradossalmente, non giunge Severino a una conclusione che si avvicina a quella tradizione mistica, alla Eckhart, che fu anche tacciata di panteismo proprio perché faceva coincidere creatore e creatura, finito e infinito, Dio e mondo? Ma l'amore non tende ad annullarsi nell'amato?

Il nome di Dio

———◆————◆———

IN PASSATO, credenti e non credenti, erano in genere sostanzialmente concordi sul significato da dare al termine Dio, un nome a tal punto familiare da far ritenere univoco il suo senso. In verità, il nome (i nomi) di Dio è strettamente connesso alla ricca, complessa e contraddittoria storia umana. Martin Buber scrive che la parola Dio «è la più gravata fra tutte le parole umane... Noi non possiamo proporre il termine "Dio" in tutta la sua purezza, non lo possiamo produrre in tutta la sua integrità, ma soltanto levarlo da terra e, imbrattato e lacerato com'è, innalzarlo su un'ora di grave pena». Ed in effetti è difficile partire semplicemente da questo termine per poterne trarre un significato univoco. Già nel solo Primo Testamento Dio viene chiamato con vari nomi (El Shaddai, El Olam, El Eljion) senza considerare i numerosissimi predicati associati al nome (creatore, redentore, re, signore, giudice, guerriero, il santo, padre); e ricordo appena i 99 nomi di Dio presenti nella tradizione islamica (il centesimo sarà conosciuto solo quando Dio si manifesterà in pienezza). Si legge nel Corano: «I nomi più belli sono quelli di Dio. Invocatelo con quelli, lasciate perdere coloro che, abusando, ne bestemmiano i nomi: ben presto saranno pagati per ciò che avranno fatto».

Wilhelm Weischedel scrive che non appena si cerca di

procedere oltre un superficiale approccio ai nomi di Dio, ci si imbatte in una confusione di nozioni differenti, se non opposte, anche perché essi, come ho già notato, spesso sono coniati in opposizione o in polemica con altre manifestazioni del divino. In tal senso il termine Dio non è mai neutro; è sempre impastato della storia dei rispettivi popoli e delle rispettive religioni. Né è possibile estrarlo con una operazione interpretativa, quasi in provetta, dal contesto in cui è nato perché quel particolare nome ne contiene tutta la storia con il suo sviluppo, i suoi ritardi, le sue ricchezze. Insomma, per declinare qualche interrogativo, cos'è legittimo intendere per Dio? Il Dio uno, il Dio trino, il Dio della rivelazione? Oppure i molti dei? O il divino, il Motore immobile, il *Summum Ens*, il *Summum Bonum*? Oppure l'Assoluto in quanto principio del mondo, il Soprasensibile, l'Incondizionato? O lo Spirito assoluto? O la trascendenza? O il totalmente Altro? Voltaire, nel suo *Dizionario filosofico*, immagina un dialogo tra un teologo bizantino (Logomaco) e un allevatore del Caucaso (Dondinac) sorpreso dal primo a pregare. Il teologo si avvicina al pastore e gli chiede: Che idea hai tu di Dio?

Dondinac: Che egli sia il mio creatore, e il mio signore, il quale mi ricompenserà se faccio bene, e mi punirà se faccio male.

Il teologo: Ma queste sono bagatelle, miserie. Veniamo all'essenziale. Dio è infinito *secundum quid* o *secundum essentiam*?

L'allevatore: Non capisco cosa volete dire... Non ho mai pensato a queste cose.

Il teologo incalza: Andiamo più a terra: Che cosa è Dio?

L'allevatore: Il mio signore, il mio giudice, mio padre.

Il teologo: Non è quello che ti chiedo... È corporeo o spirituale?

L'allevatore: E come volete che lo sappia io?

Così termina il dialogo. E Voltaire conclude: «Gli uomini continuano a pronunziare per tutta la vita la parola

Dio senza associarvi nessuna idea ben definita. Voi sapete, d'altronde, che tra gli uomini i modi di concepire Dio differiscono quanto le religioni e le leggi».

Certo è che la parola «Dio» suscita sempre una reazione; mai è neutra come qualsiasi altra. «È tra le prime che si imparano – nota Wittgenstein – ma non ha le stesse conseguenze che hanno le immagini delle zie. La parola è usata come una parola che rappresenta una persona. Dio vede, ricompensa, e così via... Se sorge il problema dell'esistenza di un Dio o di Dio, esso ha un ruolo totalmente diverso da quello dell'esistenza di una qualsiasi persona o oggetto di cui io abbia mai sentito. Si diceva, si doveva dire, di credere nella sua esistenza, e se non ci si credeva, ciò era considerato come qualcosa di male. Normalmente se io non credessi nell'esistenza di qualcosa, nessuno penserebbe che ci fosse qualcosa di male.» Alla fine di questo millennio, il termine «Dio» continua a suscitare dibattiti e sembra trovare una nuova attenzione. È stato un gesto significativo, ad esempio, che alcuni teologi cattolici in un convegno ecumenico a Basilea abbiano chiesto ai rappresentanti delle altre confessioni cristiane di togliere il nome di Dio dalle traduzioni dell'Antico Testamento, là dov'è stato posto, per rispetto all'onore che gli ebrei danno al tetragramma.

Scrive, a proposito del tetragramma, il noto teologo Gerhard von Rad: «Teologicamente esso occupa il posto che, in altri culti, spetta all'effigie cultuale. Tutto un complesso apparato cultuale, un sistema di riti e prescrizioni circondava quel Nome per tutelarne la conoscenza e soprattutto per circoscriverne l'uso consentito a Israele. L'aver ricevuto in consegna una realtà così sacra poneva Israele di fronte a un compito immane, che consisteva non in ultimo nel respingere le tentazioni connesse alla sua presenza». Potremmo aggiungere, con Paul Tillich, che Dio non ha bisogno di tutelare se stesso. Egli, tuttavia, tutela il proprio nome e così seriamente che aggiunge a questo singolo comandamento una particolare minaccia. Questo avviene perché, nell'ambito del nome, colui che porta il nome è presente.

Si può in ogni caso parlare di una esistenza linguistica di Dio, come anche di una storia delle sue immagini. L'idea di Dio sembra avere una sua forza autonoma, un incredibile influsso benefico sulla vicenda umana: ha sostenuto molti nella disperazione, ha dato impulso a tanti per guidare il mondo verso mete giuste ed onorevoli, ha suscitato energie incredibilmente positive per l'umanità intera, ha permesso di resistere a totalitarismi feroci e distruttivi. Tutto ciò viene sottolineato non poco nel pensiero contemporaneo. Si sono moltiplicati gli studi sul nome di Dio e la sua storia. Giacomo Scarpelli, nella sua ricerca sulle origini del monoteismo, fa risalire al secolo XIV a.C. le prime espressioni del concetto di divinità. Karen Armstrong, Jack Miles, Gerald Messadié, per citare solo alcuni autori, in questi ultimi anni si sono cimentati nell'elaborarne la storia e nel percorrerne le tappe millenarie. In tanti condividono queste parole di Levi: «Anch'io posso dire di essere stato sedotto dall'idea di Dio e dalla sua storia, e di "credere in Dio"; anch'io posso dire di credere nella traccia profonda lasciata dall'idea di Dio nella storia e nel pensiero di tanti uomini... Sono anche convinto che la fede in Dio di questi veri credenti (i profeti) sia la prima e più lontana manifestazione che io conosca della fede nell'uomo, la prima manifestazione dell'umanesimo nella storia, la prima sorgente della fede laica e umanistica che mi sforzo di professare». Ed esorta i credenti a custodirla: «Da loro e quindi "da Dio", noi laici abbiamo ricevuto un'imponente eredità di pensiero, un patrimonio di parole e di idee e di miti, che molti grandi "credenti" hanno arricchito nel tempo, e che ci appartiene; in questo senso non possiamo non dirci tutti credenti, tutti cristiani, o, come a me sembra più giusto dire, ebrei e cristiani (nessun cristiano può non dirsi anche ebreo); anche se la nostra fede laica si è dissetata anche ad altre sorgenti». L'esempio di san Francesco d'Assisi può essere davvero emblematico per tutti. Si racconta che raccoglieva da terra ogni pezzo di carta scritta dicendo che in esso poteva esserci scritto il nome di Dio; non andava perciò abbandonato e tantomeno distrutto, era invece da custodire e rispettare.

Sembra terminata l'epoca della lotta violenta e assurda contro Dio che ha caratterizzato gli ultimi due secoli. Resta tuttavia la convinzione di molti che l'idea di Dio sia appunto solo un'idea, puro frutto della costruzione dell'uomo. Ed è ovvio che, in certo modo, gli uomini l'abbiano elaborata. Ma la questione si pone nel vedere se è una creazione *ex nihilo*, senza alcuna corrispondenza nella realtà, oppure se vi è l'intervento di una ragione oggettiva che va oltre la semplice volontà dell'uomo. Non credo che la risposta possa essere diretta, tuttavia non mancano indicazioni di ricerca. Se consideriamo la permanenza di questa idea nel corso della storia – praticamente senza interruzione, nonostante le incredibili opposizioni – quantomeno dovremmo interrogarci se essa non sia parte essenziale della stessa natura umana. Comunque non possiamo non domandarci a quale realtà questo nome risponda. La moderna filosofia del linguaggio ha iniziato a dirci che il termine Dio è «insensato», ossia senza alcun senso reale, perché non sperimentabile dall'uomo. Così affermava il positivismo logico del primo Novecento. Tuttavia, il cammino talora drammatico che la filosofia del linguaggio ha compiuto in questo secolo (da Russel, Wittgenstein, Popper e Kuhn, a Braithwaite, Ramsey, Austin e Habermas, sino a Heidegger, Gadamer e Ricoeur) apre uno spiraglio nella comprensione del nome di Dio. Se il linguaggio non è solo una sovrastruttura convenzionale ma, come ama ripetere Paul Ricoeur, il «luogo di raccolta» dell'essere, la culla ove la realtà viene alla luce, il termine Dio allora non è solo un semplice accidente linguistico privo di significato. Il suo apparire e il suo permanere nella coscienza degli uomini non è affatto casuale; al contrario, conduce nelle profondità stesse dell'essere, al punto che questo nome (che raccoglie in sé il linguaggio religioso stesso) diviene il paradigma di ogni parola, anzi dello stesso linguaggio, che sempre è sostanziato di una dimensione metaforica e simbolica. Il linguaggio coglie il reale ma non nella sua completezza e, attraverso la struttura simbolica che lo sostanzia, rimanda sempre a un oltre, allo svelamento pieno dell'Essere. Il linguaggio religioso, nel suo essere eminentemente simbolico, diviene perciò quasi paradigma di ogni linguaggio umano. In verità l'antico problema che da Platone e Aristotele in poi ha diviso i filosofi, se cioè il linguaggio si fondi solo su una convenzione o non piuttosto sulla natura interna degli esseri, ruota attorno al suo aspetto indecifrabile. Il linguaggio è più della comunicazione ed espressione verbale; esso ha come una dimensione segreta, ch'è quella, ad esempio, che i mistici da sempre hanno colto. Il mistico scopre nel linguaggio una struttura che mira non tanto a comunicare qualcosa di comunicabile, quanto piuttosto − e su questo paradosso si fonda ogni simbolismo − a comunicare qualcosa di non-comunicabile, qualcosa che rimane inespressa e che, se mai si potesse esprimere, non avrebbe comunque un significato comunicabile. Gershom Scholem sostiene che una delle dimensioni costanti dell'uso del Nome di Dio nella tradizione mistica ebraica è «la posizione centrale del Nome di Dio come origine metafisica di ogni linguaggio e la concezione del linguaggio come scomposizione e dispiegamento di questo Nome, quale si trova specialmente nei documenti della rivelazione, ma anche, in generale, in ogni lingua. La lingua di Dio, che si cristallizza nei Nomi di Dio e, in ultima analisi, in quell'*unico* Nome che di essa è il centro, sta alla base di ogni lingua parlata, nella quale il linguaggio divino si riflette e simbolicamente appare».

Kolakovsky rivendica, seppure in modo diverso da

Scholem, la particolarità del linguaggio religioso. Suo intento è scalzare l'argomentazione degli empiristi, per i quali le affermazioni religiose, non essendo né verificabili né falsificabili, sono empiricamente vuote. Di qui la loro conclusione: le affermazioni religiose sono prive di significato. Il filosofo polacco spezza la continuità del procedimento logico degli empiristi perché, a suo avviso, l'ambito del significato del linguaggio religioso ha una sua particolare valenza che lo diversifica da qualunque altro linguaggio profano. Nelle affermazioni religiose, infatti, il contenuto e l'adesione ad esse sono inscindibili, fanno parte cioè dello stesso atto; sono quindi significanti dall'interno. Questo vuol dire che qualsiasi termine di fede può essere compreso solo all'interno dell'intera rete dei segni del sacro. Ogni passaggio diretto e immediato dal mondo profano a quello del sacro è improprio e provoca un corto circuito logico. Tutto ciò non sta a dire che il linguaggio religioso sia inintelligibile; esso ha, invece, una sua logica propria ove comprensione, conoscenza, senso di partecipazione e impegno esistenziale formano un complesso unitario. Tuttavia, rendere intelligibili i contenuti e la vita di fede è forse una delle sfide più singolari che il pensiero cristiano è chiamato oggi a raccogliere. Non si tratta solo della capacità di presentare la propria fede, ma di innestarla profondamente nel contesto della cultura, o delle culture contemporanee.

Torniamo alla domanda d'inizio: cosa gli uomini hanno inteso (e intendono) con il nome di Dio? E ancora, perché vogliono così fortemente che ci sia un Dio? Se Dio fosse *solo* un'idea, non sarebbe bastato un semplice rifiuto per annientarla? Come mai uomini, che pure si sono opposti all'idea di Dio e talora anzi hanno lottato fortemente contro di essa (penso a Giobbe), ne sono stati poi sedotti? Se l'idea di Dio persiste, quale fondamento ha? Le domande possono continuare ancora: perché l'idea di Dio rinasce anche dopo i campi di sterminio? A cosa mirano gli uomini e le

donne che non cessano di credere in Dio? E perché lo vogliono forte e potente? E, infine, com'è possibile che il contenuto pensato (Dio) ecceda il proprio contenente (la mente
umana)? Le scienze umane, che hanno analizzato e scruta-
to questo fenomeno, suggeriscono qualche risposta. C'è chi
sostiene che l'uomo ha creato l'idea di Dio per rispondere
a determinati bisogni e a domande che altrimenti resterebb-
bero senza risposta. Questo porta a dire che Dio è un'idea
utile perché colma bisogni psicologici e affettivi; oppure
perché rende possibile una organica concezione del mondo; oppure perché soddisfa il desiderio profondo che gli
uomini hanno di un garante al di sopra di tutti cui far riferimento. E così oltre.

Un esempio concreto di questo modo di pensare è dato
dalla posizione di Bobbio, tra i laici più sensibili a questo
tema. Per il filosofo torinese, il desiderio di Dio nasce appunto dal bisogno di trovare un senso alla storia umana: la
filosofia come sapere universale è crollata e il sapere scientifico, che appare molto più accattivante ed efficace di quello filosofico, non risponde al perché dell'accadere, alla richiesta di senso della vita. Per di più, nel mondo contemporaneo, la richiesta di senso ha perso il suo aspetto retori-
co e si è trasformata in un interrogativo concreto e drammatico: per la prima volta nella storia l'umanità può auto-
distruggersi. La prospettiva nichilista pertanto non è solo
questione teorica, ma pratica. E già solo l'ipotesi che questo possa avvenire toglie il senso alla storia. Le grandi filosofie dell'Ottocento (idealismo, positivismo, marxismo)
erano sistemi di pensiero ottimistici: le sofferenze e gli
scacchi, le soddisfazioni e i successi, trovavano senso in relazione a una umanità – inestirpabile dalla faccia della terra – che comunque avrebbe raggiunto, anche attraverso tali sofferenze, il suo traguardo di perfezione. Era il progresso. Oggi tale ottimismo non ha più ragion d'essere: l'umanità può scomparire. Tutto sarebbe davvero singolare: tut-

to progredisce o si distrugge per errore, per malvagità, per caso. La drammaticità della situazione in cui ci troviamo – sostiene Bobbio – sembra suggerire che l'universo sia governato dalla Provvidenza, alla cui decisione nulla di quanto accade è sottratto. È lei, questa volontà provvidente, che offrirebbe un senso a tutta la storia, alla vita e alla morte. In tal modo sapremmo che c'è un senso, ma non qual esso sia. Questo vuoto però spinge Bobbio ad avanzare il dubbio che noi ipotizziamo un governo provvidente unicamente perché desideriamo ardentemente trovare un senso alla vita e particolarmente a quegli avvenimenti drammatici che ci toccano da vicino. Dio, a suo parere, sarebbe così un postulato della ragione pratica. E qui Bobbio torna a Kant, sostenendo però che la risposta al problema del senso è difficile chiamarla filosofica; e comunque la filosofia non sa, oppure non può, rispondere.

Faccio fatica ad accettare che l'idea di Dio, così radicata e persistente, sia solo un frutto autonomo dell'uomo per rispondere al bisogno di senso della storia e del mondo. Non è più ragionevole pensare che se così accade è perché essa si radica nel reale? Sarebbe davvero poco consono alla ragione, anzi assurdo e crudele che gli uomini, miliardi di uomini, confidino in una idea che loro pensano corrisponda a realtà e che tale non è. E c'è da dire che non si tratta di una convinzione neutra, come poteva essere la concezione tolemaica del mondo, ma di una dimensione che tocca il cuore stesso della vita di uomini che a tale idea si affidano. Il contrario sarebbe il colmo della irrazionalità: il desiderio più forte, più coinvolgente, dell'essere razionalmente perfetto (qual è l'uomo) sarebbe destinato al vuoto, a dissolversi nel nulla, anzi a contraddirsi radicalmente. L'uomo, insomma, avrebbe un essenziale bisogno di senso che tuttavia resterebbe radicalmente insoluto. Non è più ragionevole propendere verso l'esistenza dell'oggetto, ossia del divino al quale, questo sì ch'è comprensibile, non sappiamo dare un nome? Il mistero torna ancora una volta in aiuto alla ragione, o meglio rende ragionevole la nostra vita. Ragione ed esistenza fanno appello al mistero e alla fede per sussistere.

Il contrario porterebbe all'assurdo e alla disperazione esistenziale. Kierkegaard, con la sua radicalità, polarizza il problema affermando che i motivi della fede non stanno nella ragione, la quale semmai ne pone di contrari: «Credere è propriamente quella via dove tutti gli indicatori stradali mostrano: indietro, indietro, indietro! Dunque la via è stretta... (e questo appartiene già alla fede). La via è buia; anzi, non è soltanto buia e di un buio pesto, ma è come se la luce dei lampioni non facesse che confondere e aumentare l'oscurità... proprio mentre gli indicatori stradali significano la direzione inversa». È la disperazione, ossia l'essere con le spalle al muro, il disperato bisogno di essere salvati, il motivo vero che spinge alla fede. Levi, quasi riconoscendo questa dimensione, scrive: «Forse è proprio in un momento come questo (il dramma della disperazione del male) che si colloca l'atto di creazione dell'idea di Dio nell'animo dell'uomo. Forse più che nell'ammirazione delle glorie del creato, è nel profondo della disperazione per le ingiustizie della vita e della storia, nei momenti in cui l'uomo vuole sperare contro ogni speranza, che egli proietta la sua forza d'animo nella creazione di Dio: Dio, figlio della sventura dell'uomo, più che dei suoi trionfi». Ben amara sarebbe questa creazione fatua, e ben diversa la compassione del Dio biblico che si rivela come compagno fedele dell'uomo, soprattutto nelle sventure e nella morte.

C'è, comunque, anche chi avanza riserve nei confronti di una presentazione di Dio solo nella categoria dell'utilità, ossia come risposta al bisogno di senso che l'uomo ha. Sarebbe un Dio che non è più ciò che è, ma ciò che noi vogliamo che sia: fatto, appunto, a misura dei nostri bisogni. Insomma, un Dio «utile». È ben diverso – e non pochi teologi spingono in tale direzione – pensare a un Dio che esiste non perché se ne ha bisogno o perché è utile, ma in quanto pienezza del desiderio (che è altra cosa dal bisogno), che resterebbe perciò anche nella sazietà. Non credo, tuttavia, che un Dio utile, che risponda a domande altrimenti inascoltate, contraddica tutto ciò. Anzi, è del tutto positivo. Semmai il problema è che l'uomo ne riconosca la grandezza. Non mancano infatti le tentazioni di ridurre Dio a nostra immagine e somiglianza. Quando si insiste troppo su Dio come risposta alle attese dell'uomo, si rischia di ridurlo ad una semplice proiezione soggettiva dei bisogni umani. Dio è Assoluto (*ab-solutus*), totalmente sciolto dal finito, e quindi non esaurito dalle domande dell'uomo. Il suo assentarsi dal mondo, perciò, potrebbe leggersi anche come un modo per salvarsi dalle false interpretazioni e dalle false immagini, per esistere come la vera alterità di cui l'uomo ha bisogno per vivere. In questo senso si può comprendere la proibizione per il popolo d'Israele di costruire immagini o statue che tentino di raffigurare il volto di Dio.

Mario Ruggenini − inserendosi nella lunga tradizione del pensiero cristiano che Tillich definisce «dell'estraneità al mondo» − raccoglie queste considerazioni e le sintetizza in una singolare «teologia dell'assenza»: il mistero di Dio va custodito dall'arroganza della ragione e da un modo farisaico di intendere la fede. A suo parere, sarebbe necessario evitare quell'eccesso di presenza richiesta a un Dio che deve essere a tal punto al servizio dell'uomo da ridurre la sua alterità. Egli non è solo colui che risponde ai bisogni dell'uomo, una sorta di Dio funzionale che si afferma perché solo in lui l'uomo trova il senso della sua vita. Non è l'uomo a stabilire il compito dell'Assoluto; al contrario, deve porsi a disposizione del mistero di Dio. E non è necessario tanto fragore attorno alle argomentazioni pro o contro l'esistenza di Dio; bisogna piuttosto ricordare che Dio resta divino solo finché si sottrae alle disposizioni dell'uomo e a ogni confusione mondana, ritraendosi nel mistero della sua differenza. L'assenza di Dio è allora il suo necessario difendersi da qualsiasi riduzione alla dimensione dell'ente, dell'essente, per quanto lo si possa esaltare e potenziare. Se Dio è unicamente l'Ente supremo resta il primo degli enti, e non l'*ab-solutus*.

E di nuovo torna Kierkegaard: «Altolà! No, l'esigenza religiosa ed umana è che nessuno, proprio nessuno, può capire Dio; che il più sapiente deve attenersi alla "stessa cosa" dell'ingenuo. Qui sta la profondità dell'ignoranza socratica: "Rinunziare con tutta la forza della passione" a ogni sapere curioso, per essere semplicemente ignoranti davanti a Dio». Già Nicola Cusano scriveva: «I filosofi cacciatori, quando si sforzano di cacciare le quiddità (ovvero le caratteristiche oggettive) delle cose, ignorando la quiddità di Dio, e cercano di rendere nota la loro quiddità, che invece rimane sempre sconosciuta, hanno faticato inutilmente, perché non sono entrati nel campo della dotta ignoranza». E recita una preghiera:

> Sono incapace di darti un nome,
> perché la tua essenza mi è sconosciuta;
> e se qualcuno dicesse che rechi questo o quel nome,
> per il fatto stesso di nominarti,
> saprei che quello non è il tuo nome.

Dio esiste non perché ne abbiamo bisogno, o perché ci è utile e offre senso alla storia. Dio oltrepassa la categoria dell'utile, che pure non è affatto da disprezzare, e si pone su quella del desiderio di pienezza e di completezza che concerne il piano dell'amore. In questa prospettiva può essere intesa l'esortazione di Bonhoeffer a vivere *etsi Deus non daretur*, come se Dio non fosse, senza cioè affidare a Dio ciò che egli ha affidato a noi. Il problema è affidarci a Lui come all'amato.

Dio assente

DOPO AUSCHWITZ – è l'interrogativo che oggi molti si pongono – non è più scandalosa l'esistenza che la non esistenza di Dio? «Dov'era Dio ad Auschwitz?»: per anni questa fu la domanda attorno alla quale è ruotata la riflessione teologica dei pochi (molto pochi) teologi e filosofi – ebrei o cristiani che fossero – che si erano accorti che «dopo Auschwitz» non era più una indicazione meramente cronologica. È un fatto, nota Massimo Giuliani nel presentare una sintesi delle teologie dell'Olocausto, che nel corso degli anni il numero di coloro che hanno preso coscienza di queste implicazioni è aumentato. Finalmente Auschwitz è entrato nella riflessione teologica contemporanea e immediatamente ha toccato il cuore del discorso su Dio. È stato Richard L. Rubenstein, sull'onda della teologia protestante nordamericana detta della «morte di Dio», ad aprire il dibattito su Dio dopo la Shoà: «Dopo Auschwitz bisogna desistere dal parlare con troppa sicurezza di Dio: potremmo mentire su di Lui e, affermando cose che fanno parte delle nostre modalità rappresentative, farci un Dio a nostra immagine e somiglianza». In verità, già dopo le lontane stragi del 1147, una *selichà*, composta da Jizchaq bar Shalom, recitava: «Non c'è chi sia come te fra i silenziosi, muto e senza parole verso i persecutori, tra i molti nemici che contro di noi si sono levati». Anche alcuni teologi cattolici sono concordi nell'affermare che dopo la Shoà la stessa teologia (il discorso su Dio) deve ricominciare. Le sintesi tradizionali della teodicea e della teologia naturale sono come oscurate dal fumo salito dai camini dei forni crematori. Per parte sua Jizchaq Katzenelson si fa avanti non per porre a Dio la stessa domanda che pose ad Adamo, «Dove sei?», ma almeno per accettare il tormento dinanzi a un Dio che è bene che non esista. Egli cerca un altro Dio, per poterlo conservare (perché lui possa in tal modo conservare noi). Primo Levi, invece, davanti alla Shoà si è chiesto dove fosse l'uomo, dove la ragione, dove il progresso. Per lui il male era una obiezione contro l'uomo, più che contro Dio. Struggente la scritta trovata sul muro di una cantina di Colonia dove alcuni ebrei si erano nascosti per tutta la durata della guerra: «Credo nel sole, anche quando non splende; credo nell'amore, anche quando non lo sento, credo in Dio, anche quando tace». Elie Wiesel, un altro ebreo che ha vissuto sulla sua pelle il dramma dei campi di concentramento, suggestivamente paragona l'Olocausto alla rivelazione del Sinai. Se in quest'ultima si manifestò il trionfo della legge e della volontà divina, nell'Olocausto è apparsa, o meglio si è realizzata, la negazione di ogni legge; è un evento al di fuori della storia. E dice: «I miei libri non vertono sull'Olocausto, bensì sull'impossibilità di parlarne». Si potrebbe dire che nell'Olocausto si realizza lo scontro estremo, escatologico, tra Dio e il male, tra la vita e la morte. Quei campi di sterminio coagulavano gli interrogativi ultimi della storia, quelli definitivi. Ed è bene che la memoria non termini. Non solo per non ripetere, ma anche perché essi contengono tragicamente «la» domanda su Dio e sul mondo. Elie Wiesel, Hans Jonas, Arthur Cohen (per citare solo alcuni nomi) evocano questa domanda, la stessa che ha attraversato i secoli e che già Epicuro si poneva: il divino «o vuole eliminare i mali e non può; o può e non vuole; o né vuole né può; o vuole e può... Se vuole e può, che è la sola cosa che convenga a Dio, da dove vengono dunque i mali? E perché non li elimina?»

Tale questione, in verità, è più un grido contro il male che contro Dio. Meglio che Dio sia assente piuttosto che presente di fronte a quanto di tragico accade nella storia. In verità, tutte le pagine della Scrittura sono traversate da questo dramma, sin dalle origini. Il libro della Genesi afferma con chiarezza che il male non viene da Dio: neppure è entrato nel processo creativo. Non era affatto previsto, come si evince dal ritornello che scandisce i giorni della creazione: «E vide che era cosa buona». Insomma, il male non appartiene al piano della creazione come era prevista da Dio. Tuttavia, il male c'è, e Israele ne fa amara esperienza. Come conciliare il male con Dio che ha creato il cielo e la terra? Il dato rivelato veniva a chiarire al popolo d'Israele che il male non nasceva da Dio creatore, ma da un «Tentatore» (del quale non si dice null'altro). E appare immediatamente la lotta che Dio ingaggia contro gli spiriti del male, dall'inizio della storia sino alla sua fine. L'Apocalisse chiude la vicenda umana sulla terra con il trionfo di Dio sulla bestia (il drago con dieci corna e sette teste).

E il credente combatte assieme e accanto a Dio questa battaglia. Impressionante e suggestiva – siamo alle prime pagine della Bibbia – la lotta che Abramo ingaggia persino con Dio stesso per salvare Sodoma dalla distruzione. «Davvero – dice Abramo, l'amico che può dare del tu a Dio – sterminerai il giusto con l'empio?... Lungi da te il far morire il giusto con l'empio.» Una lotta lunga, ove la perseveranza di Abramo mette alla prova la giustizia divina. Eppoi vengono Giacobbe, Geremia e Giobbe. Anch'essi non mancano di lottare e discutere con Dio. E non si chiude né il dibattito né la lotta; paradigmi che percorrono la vita di ogni credente. Elie Wiesel, in una splendida pagina, scrive: «Per il credente nessuna domanda può causare tanta angoscia, tanta ansietà, e – perché non dirlo – tanta disperazione. Dio e Birkenau non vanno insieme. Come si può riconciliare il Creatore con la distruzione mediante il fuoco di un milione di bambini ebrei? Io ho letto le risposte, le ipotesi. Ho letto le soluzioni teologiche offerte: la domanda rimane domanda. Quanto alle risposte non ce ne sono, non ce ne devono essere». Elie Wiesel forse ha ragione. Il mistero, anche il mistero del male, resta saldo, con il suo peso, tutto intero. È davvero un mistero grande, perché se non ci fosse Dio il male sarebbe unicamente una legge, fredda e implacabile, ma sempre e solo legge della natura e del suo corso. Il male diventa un problema, uno scandalo insopportabile, appunto perché si suppone un Dio, creatore, assolutamente buono. Se Dio non ci fosse, il male non sarebbe più uno scandalo; farebbe parte appunto del normale corso delle cose. Se vogliamo continuare a scandalizzarci di Auschwitz, dobbiamo continuare a parlare di Dio, creatore e custode della vita, padre e custode di un popolo. E forse solo in questo modo, ossia salvando Dio, salveremo anche l'uomo da un destino cieco e senza senso. Ma cosa possiamo dire di fronte al misterioso rapporto tra Dio e il Male? La tentazione di semplificare il problema abolendo uno dei due termini non risolve nulla ed è solo una fuga.

Non mancano mistici ebraici che parlano di una volontaria limitazione di Dio di fronte al male. Lo stesso Giovanni Paolo II sembra riprendere tale pensiero quando scrive che «di fronte alla libertà umana Dio ha voluto rendersi "impotente"». Gershom Scholem scrive: «Dio – per garantire la possibilità del mondo – dovette rendere vacante nel suo essere una zona, dalla quale Egli quindi si ritrasse… Il primo di tutti gli atti dell'essere infinito, non fu pertanto un movimento verso l'esterno, ma verso l'interno, un movimento entro se stesso, un restringersi in sé – se posso usare questa ardita espressione – di Dio da sé in se stesso». Insomma, Dio si autolimita. Questo è un tema che diviene centrale nel cristianesimo. Se questa intuizione mistica la si compara alla morte di Cristo, al suo scendere nel più profondo dell'impotenza, si coglie una singolare consonanza. C'è una tradizione teologica e spirituale che sottolinea il nascondimento di Dio. La sua base biblica la si può trovare nell'episodio di Mosè che, dopo l'adorazione del vitello d'oro da parte degli israeliti, chiede a Dio: «Fammi vedere la tua gloria». Il volto di Dio, la sua gloria, la verità, sono il desiderio e la salvezza dell'uomo. Così forse pensava Mosè. Il Signore risponde: «Io farò passare davanti a te tutta la mia bontà. Ma tu non potrai vedere la mia faccia, perché un uomo non può vedere Me e vivere... Quando passerà la mia gloria, io ti porrò nella cavità della roccia, ti coprirò con la mia mano. Poi ritirerò la mia mano e tu mi vedrai di dietro, ma non potrai vedere la mia faccia». E gli Chassidim commentano: «Tutte le cose contraddittorie e storte che gli uomini avvertono sono chiamate la schiena di Dio. La sua faccia invece dove tutto è armonia, nessuno la può vedere». Dunque un lato visibile, le spalle, e una parte non visibile, la faccia. Rivelazione e inaccessibilità sono congiunte, il visibile e l'indicibile, il lato di Dio e quello degli uomini. «Ti farò vedere le spalle, ma non la faccia.» È tutto qui il mistero dell'alleanza ebraico-cristiana, il nesso tra rivelazione e silenzio.

Nella lotta di Dio contro il male non manca il Suo pianto sulle rovine di questo mondo. Il *Midrash delle Lamentazioni* narra che Dio voleva piangere sulla rovina del suo popolo: «Venne Metatron (l'angelo che sta presso il trono di Dio), si prostrò e disse: "Io ti ubbidirò, ma tu non devi piangere". Allora Dio disse: "Se tu non vuoi che io pianga, io andrò in un luogo dove non ti è permesso entrare, e là piangerò, come è detto: *La mia anima piangerà in luoghi segreti*"». Dov'è questo luogo segreto? Per i cristiani un volto che piange c'è; è quello di Cristo che versa le lacrime su Gerusalemme che sta per essere distrutta. Ma è anche il pianto delle donne sulla morte dell'unico giusto; è il pianto su tutti i morti innocenti di ogni epoca della storia. È il pianto su Auschwitz il luogo più tragico di questo millennio: qui Dio piange ancora, forse perché è stato ucciso un'altra volta. Non dobbiamo credere che l'immutabilità di Dio sia una protezione contro la sua sofferenza. È noto il racconto di quella terribile scena dei tre impiccati, tra cui un bambino, cui Wiesel assistette. Qualcuno che gli stava dietro, davanti alla tragedia di quei tre impiccati, chiedeva: «Dov'è il buon Dio? dov'è?» E, ancora tutti davanti a quella scena, mentre il bambino, a differenza degli adulti che morirono subito, per una buona mezz'ora continuò a lottare tra la vita e la morte, «udii il solito uomo domandare: "Dov'è dunque Dio?" Ed io sentivo una voce che gli rispondeva: "Dov'è? Eccolo: è appeso lì, a quella forca…"».

È fin troppo facile legare questa scena a quella del Golgota. Certo è che per la tradizione cristiana la croce resta la via per raggiungere Dio. San Bonaventura amava ripetere: «*Ad Deum nemo intrat recte nisi per Crucifixum*» ovvero, non si può giungere a Dio se non attraverso il crocifisso. Su quel monte si proclama definitivamente la morte della morte, la sconfitta dell'amore per se stessi, legge inesorabile che conduce gli uomini a concepirsi l'uno nemico dell'altro. La croce fa splendere la forza dell'amore per gli altri. Gesù avrebbe potuto salvarsi ma non l'ha fatto. Tutti, sacerdoti, popolo, guardie, glielo gridano da sotto la croce come un ritornello: «Salva te stesso!» Anche i ladri appesi con lui si uniscono al coro. Come poteva salvare se stesso, lui che aveva speso tutta la sua vita per salvare gli altri? Su quella croce trionfa, appunto, un amore assolutamente gratuito e totale per gli uomini. Per questo il Cristo di Auschwitz non contraddice il Pantocrator. In molte croci della tradizione ortodossa si pongono assieme le due immagini di Gesù crocifisso e risorto, l'una davanti e l'altra dietro, due dimensioni della fede cristiana che restano inscindibili. Due realtà, un unico amore: quello di Dio per gli uomini. Nell'una appare il limite estremo dell'amore di Dio per gli uomini, che giunge sino alla morte; nell'altra appare ancora il limite estremo dell'amore di Dio che non permette alla morte di essere l'ultima parola sui suoi figli.

I credenti, tempio di Dio

IL SALMISTA si sente chiedere: «Dov'è il tuo Dio?» È una domanda provocatoria che non riguarda l'esistenza di Dio bensì la sua presenza accanto al suo popolo. In vari modi, questa stessa domanda, è risuonata nel pensiero contemporaneo, sino al punto che ateismo e teismo (o almeno una corrente della teologia) si sono incontrati sulla stessa idea di Dio divenuta impossibile. Nietzsche, ad esempio, fa chiedere al folle «Dov'è Dio?», volendo intendere che Dio non è più là dove gli uomini pensano debba essere. Potrebbe fargli eco, portandolo al negativo, il salmo 139: «Se salgo in cielo, *tu non sei là*; se scendo negli inferi, *tu non ci sei*. Se prendo le ali dell'aurora per abitare l'estremità del mare, anche là *la tua mano non mi guida*, e la *tua destra non mi afferra*». Dov'è Dio? È morto, risponde il filosofo tedesco. Nel campo teologico, a seguito dell'affermazione di Bonhoeffer circa l'agire nel mondo senza ricorrere all'ipotesi Dio (*etsi Deus non daretur*) si è sviluppata una corrente di pensiero che ha voluto qualificarsi sotto la formula «morte di Dio». C'è stato chi, negli anni addietro, per sostenere la serietà della questione di Dio nel confronto tra ateismo e cristianesimo, diceva che «solo un ateo poteva essere un buon cristiano, e solo un cristiano poteva essere un buon ateo». In verità, l'uso del discorso sulla morte di Dio – si può vederne la sintesi storica delineata da

Eberhard Jüngel – può trovare una sua radicale risposta nel mistero della croce, appunto nella morte di Gesù, Figlio di Dio. In ogni caso la questione tocca sia l'esistenza che l'essenza di Dio.

Ma a un credente, la domanda «Dov'è Dio», potrebbe essere rivolta anche in questo modo: «Dov'è il tuo Dio, per poterlo incontrare?» La risposta che io darei è semplice: «Sta in ogni luogo. E i modi per incontrarlo sono tanti: dallo stupore del creato ai diversi itinerari che l'uomo può compiere con la ragione, la poesia, la contemplazione della bellezza, l'esperienza; la mistica e tanti altri ancora». Mi hanno però colpito non poco alcune parole che Levi rivolgeva a coloro che lo ascoltavano in un dialogo nella basilica di San Giovanni in Laterano: «Se voi siete testimoni fedeli, se voi credete, Dio c'è, e opera attraverso di voi. E non occorre cercare prove logiche dell'esistenza di Dio, come hanno fatto per secoli dotti teologi, che forse in cuor loro dubitavano. Se voi credete e operate come Dio vuole, Dio esiste e non occorre altra prova, voi siete la prova. Se qui e oggi voi credete, Dio è qui con voi». Levi ha ragione nel sottolineare che Dio lo si incontra là dove è testimoniato. Vorrei dire là dove tocca il cuore delle persone al punto che la loro vita ne è pienamente coinvolta. È analogo a quel che accadde a Mosè al monte Oreb, quando si trovò di fronte al roveto ardente; un'esperienza che può essere paradigma di ogni esperienza di incontro con Dio. «Dov'è il tuo Dio?» chiedevano al salmista. La risposta: là dove sono i roveti ardenti! Davanti ad essi, infatti, dobbiamo toglierci i sandali, come fece Mosè, e porci con serietà la questione su Dio.

L'esperienza religiosa vissuta, qualunque essa sia (riscontrabile in una persona, in un gruppo, in una situazione), è il luogo privilegiato per parlare di Dio. Se Egli c'è, qui si manifesta in modo impareggiabile. È possibile conoscere Dio solo attraverso Dio. Questa è l'esperienza religiosa ebraico-cristiana, che Gesù stesso ha ben sintetizzata: «Quando due o tre fra voi si riuniranno, io sarò in mezzo a loro». Penso, pertanto, che di tutti gli sforzi che possiamo fare per parlare di Dio, il più adeguato sia quello di accostarci là dov'egli ha detto di essere presente. Certamente è il luogo ove meno ci si può illudere. Lo nota l'evangelista Giovanni: «Chi dice di amare (conoscere) Dio e non ama (conosce) suo fratello, è un bugiardo, si inganna da se stesso, si illude». L'incontro con gli uomini, particolarmente con i più deboli (bisognerebbe aggiungere qui il tema proposto dal Vangelo di Matteo al capitolo 25 a proposito dell'aiuto a chi ha fame, sete...) – cercherò di mostrarlo più avanti – è senza dubbio il luogo privilegiato per parlare di Dio e per poterlo incontrare. Là dove l'uomo è bruciato (o perché infiammato dallo Spirito, o perché distrutto dal Male) continua a bruciare quel roveto ardente da dove Mosè udì la voce di Dio. Insomma solo l'amore è credibile, solo l'amore è degno di fede.

Levi lo conferma: «Nonostante il mio laicismo, un luogo di culto, di qualsiasi culto, sinagoga, chiesa o moschea, non mi lascia indifferente, e come potrebbe? Ma suscita in me, oltre a qualche indefinito struggimento, mediato dalla solennità dei luoghi e dalla suggestione dei riti e dei canti, sentimenti che si compongono più che altro di un misto di curiosa attenzione e di rispettosa incomprensione ed estraneità». Non è questione di spazio e di tempo, quanto del coinvolgimento in una comunità, luogo privilegiato dell'esperienza religiosa. La commozione che nasce in questi momenti – scrive Levi – si deve in buona parte al riflesso della «partecipazione di altri (i credenti) che ne sono palesemente e appassionatamente convinti: veri credenti di questa o quella fede, ai quali porto stima». E, in un passaggio che ovviamente mi tocca non poco, continua: «È opportuno ammettere che il credente laico, forte solo della sua fede nell'uomo, si lascia indurre a pensare, talvolta, che forse sarebbe bello avere fede in Dio, insieme ad altri che la condividono, essendo partecipe con loro di riti, di atti comuni, di celebrazioni che proclamino quella fede. Assistendo ad una celebrazione religiosa in una chiesa grande e antica (non solo a quelle a cui di tanto in tanto mi invitano con il loro affetto gli amici di Sant'Egidio, nella pace e solennità di Santa Maria in Trastevere), il credente laico è punto talvolta d'invidia verso coloro che gli sono a fianco e che con tanto slancio pronunciano le loro preghiere, si uniscono nel declamare le loro formule di fede e ne traggono visibilmente conforto». Gli fa eco, in certo modo, Erri De Luca con una bella riflessione: «Non posso dire di essere ateo. La parola greca è formata dalla parola "teo", Dio, e dalla lettera "a", alfa, detta privativa. L'ateo si priva di Dio, della enorme possibilità di ammetterlo non tanto per sé quanto per gli altri. Si esclude dall'esperienza di vita di molti. Dio non è un'esperienza, non è dimostrabile, ma la vita di coloro che credono, la comunità dei credenti, quella sì è un'esperienza. L'ateo la crede affetta da illusione e si nega così la relazione con una vasta parte dell'umanità. Non sono ateo. Sono uno che non crede».

Mi chiedo se Dio piuttosto che essere pensato e detto, non lo si debba anzitutto frequentare e quindi contemplare. Questa è senza dubbio l'esperienza di ogni credente, di chi crede sin dalla nascita e di chi ha dovuto approfondire la propria fede o ha scoperto Dio dopo anni di lontananza o addirittura di non credenza. La frequentazione di Dio attraverso quella dei suoi testimoni (i roveti ardenti) pone in discussione ogni propria certezza. Quando Bobbio scrive a Levi che non sa rispondere alla domanda del missionario che gli chiede se sia possibile, senza credere in Dio, condurre una vita come quella che quel missionario sta conducendo in una terra lontana dalla sua patria per anni e anni, non siamo forse davanti ad uno di quei «roveti ardenti» che obbligano a riflettere e a porsi la domanda su Dio? Veniamo al concreto: dove sono oggi i roveti ardenti? Parlando di testimoni non posso non pensare immediatamente ai «martiri» di questo secolo che sta per terminare. Essi (milioni e milioni di uomini e donne per lo più senza nome) uccisi per non aver voluto rinnegare la fede, non sono forse un roveto che arde ancora nel mezzo di un secolo tragicamente dominato dai totalitarismi della ragione (erano anche questi frutto della fede nell'uomo?!)? È una domanda che coinvolge tutti, credenti e non credenti. Parlando di odierni roveti ardenti, prima che le istituzioni si intende il fuoco che la fede e l'amore riescono a far ardere anche in mezzo al ghiaccio della violenza più bruta. Sono i testimoni che, pur dentro i limiti e le manchevolezze delle istituzioni, riescono a far intuire la presenza del mistero nella vita umana. La comunità dei credenti (testimone dell'amore di Dio sopra ogni cosa) diviene il luogo privilegiato per incontrare Dio, e per parlare di Lui. Essa è il primo roveto ardente, in ordine di principio (è il luogo della manifestazione di Dio) e in ordine di fatto (è quello che in genere appare per primo a chi non crede). In mezzo al popolo dei credenti accade l'incontro tra Dio e l'uomo, e la storia di questo popolo diviene la storia di Dio con loro.

La vicenda ebraico-cristiana inizia con la scelta di Abramo da parte di Dio; una scelta gratuita, fatta per predilezione, non per obbligo. Fu una scelta d'amore. Dio non svelò ad Abramo i misteri dell'universo, né lo mise a parte dei segreti più reconditi e dei perché più profondi del mondo; strinse con lui un patto d'alleanza impegnandosi a dargli vita, forza, terra, prosperità e discendenza. Questo patto, che al popolo di Israele è apparso un'opera più grande e più bella della stessa creazione, è il luogo della fede. Da Abramo, il primo dei credenti, è nato un popolo, più popoli, uniti nella fede nell'unico Dio. Conosciamo la vicenda d'Israele, e poi quella nata con Gesù Cristo; come anche quella dei credenti nell'Islam. Tutta questa storia, nella sua complessità, è il luogo della presenza di Dio, lo spazio concreto ove il nome di Dio viene rivelato. La creazione stessa già manifesta il nome di Dio. Tuttavia, la rivelazione avviene nella storia, frutto della libertà dell'uomo, ben più che nella natura, luogo della necessità e della conformità alla legge. Dio parla liberamente e con amore, facendosi prossimo all'uomo nella libertà e nella originalità della sua storia, nella sua assoluta irripetibilità (non c'è posto per mitici ritorni). E la rivelazione avviene con la parola, quella umana, la sola in grado di essere udita e accolta dall'uomo, da sempre «uditore della parola». Dio sembra trovare solo nel cuore dell'uomo il luogo atto ove deporre la sua parola. E l'uomo, nella sua libertà, di fronte alla quale Dio ha voluto rendersi impotente, è chiamato ad accoglierla; è partendo dal proprio cuore, ossia dal profondo di se stesso che l'uomo scopre e vive la fede. Se non la scopre, essa non c'è e il soffio può spegnersi e con esso, è paradossale dirlo, anche Dio. Un antico detto rabbinico recita così: «Se voi mi siete testimoni, io sono l'Eterno. Se non mi siete testimoni, si potrebbe quasi dire che io non sia l'Eterno».

La fede cristiana, che si realizza in ogni singola persona, non è tuttavia vivibile al di fuori della comunità che la professa. Credere è aderire a Gesù dentro una tradizione viva, ch'è appunto la comunità cristiana, la quale non si basa su un'idea o su un insieme di simboli, bensì su un evento realmente accaduto. E l'evento ha due facce: quella dell'avvenimento storico, e quella del come esso viene recepito, entrambe necessarie. Cristo – è paradossale dirlo – non sarebbe tale senza la comunità che lo ha ricevuto e, ovviamente, la Chiesa non potrebbe essere tale senza il Cristo su cui è basata. La Chiesa, pertanto, non è una realtà esterna al credente; essa vive dentro di lui, sì che il cristiano non crede mai da solo; ognuno è costitutivamente membro di una comunità vivente. La sua fede è, e non può non essere, quella della Chiesa. Ovviamente, si richiede un'adesione personale, ma sempre all'interno della comunità. Credere – nel caso del cristiano – vuol dire vivere dentro il popolo che aderisce a Gesù, che parla con lui, che si fida di lui, che si abbandona a lui (parole analoghe si possono dire anche per le altre due religioni monoteiste). C'è un «noi» della fede, un soggetto collettivo, che esiste prima (e non solo in ordine di tempo) dei singoli membri, giacché il credente può vivere solo *per* la fede e *nella* fede della comunità. È la fede che fonda ed edifica l'unità dei credenti. Guardini amava sottolineare il legame che la fede del singolo ha con quella degli altri: il suo stesso contenuto proviene sempre dagli altri, come pure essa stessa è suscitata dal contatto con gli altri. Non già che la fede abbia origine dagli uomini; Dio ne dispone e la diffonde, la fa agire nella natura umana e così l'uomo è per l'uomo la via a Dio. Tale unità non è solo puntuale, non riguarda cioè solo un determinato periodo storico. La comunione dei cristiani è parte di una vicenda storica che ha un suo passato e cammina verso un futuro. Il popolo di ieri, di oggi e di domani è lo stesso popolo raccolto attorno all'unica fede. Su questo popolo grava la esaltante e gravissima responsabilità di essere per la società contemporanea quel roveto ardente che sconvolse la vita di Mosè.

La fede in questione

———⊷———

LA FEDE e, soprattutto, il rapporto tra la fede in Dio e la fede nell'uomo, è uno dei nodi centrali che il libro di Levi evoca. Come dicevo, egli tende a trovare un'ampia superficie di contatto tra i due tipi di fede. E se guardassimo la questione dalla parte di Dio, avrebbe pienamente ragione: Dio per primo, infatti, ha fede nell'uomo. Sia nel Primo che nel Nuovo Testamento, Dio affida all'uomo, al popolo ebraico, la sua alleanza; e non perché fosse il migliore; al contrario, perché era il più piccolo tra tutti i popoli. E chi può dire che tale mistero non accompagni il popolo ebreo in tutta la sua storia? Suggestive le appassionate riflessioni di Kolitz nel già citato testamento. «Sono fiero del mio essere ebreo. Perché essere ebreo è un'arte. Perché essere ebreo è difficile. Non è un'arte essere inglese, americano o francese. È forse più facile e più comodo essere uno di loro, ma, certo non più onorevole. Sì, è un onore essere ebreo!» Queste parole sono piene del mistero di questo popolo; un mistero che entra pienamente nel pensiero cristiano stesso. E se si pensa che tale alleanza è stata affidata loro perché fosse manifestata a tutti i popoli della terra, come si legge nei profeti, è ancor più sorprendente la fede di Dio nell'uomo, una fede niente affatto astratta. A quegli uomini e a quelle donne, il Creatore del cielo e della terra ha affidato il mistero della salvezza. Pertanto, alla domanda: «Com'è presente Dio nella storia e nel mondo di oggi?» la Scrittura risponderebbe: attraverso «una comunità di uomini». Se poi «l'uomo» in cui Dio pone la sua fiducia è Gesù (e senza dubbio per la mia fede lo è), la fede in Dio e la fede nell'uomo vengono a coincidere totalmente. In ogni caso, la fede nel Dio della Bibbia esige la fede nell'uomo. Se così posso dire, la fede nell'uomo è salda nella misura in cui partecipa della fede che Dio ha nell'uomo. Si inserisce in questa visione biblica la suggestiva riflessione di Giovanni Paolo II nella sua prima enciclica *Redemptor hominis* quando parla dell'uomo come «via verso Dio». Con questo non si vogliono attutire le differenze tra le due concezioni della fede, tuttavia credo che quella parte di significato recondito ch'è nascosto nelle parole che usiamo, e che a noi può sfuggire, ci accomuna ben più profondamente di quello che noi pensiamo. Purtroppo la nostra pochezza ci costringe a balbettare e a chiarirci l'un l'altro quei termini con i quali cerchiamo di esprimerci e di comprenderci.

Il dibattito sulla fede o meglio sull'atto di credere, appassiona da diversi secoli gli studiosi di ogni tendenza teologica, suscitando confronti e polemiche talora molto vivaci. Ovviamente non è questa la sede per richiamarli, anche se ciò sarebbe di grande interesse. In genere, ed è corretto farlo soprattutto in un orizzonte che pretende di essere guidato unicamente dalla esperienza, si sottolinea che tutti viviamo normalmente di credenze. Fidarsi degli altri è una necessità umana; ogni uomo deve dare la propria fiducia agli altri se vuole vivere. È nota una pagina delle *Confessioni* di sant'Agostino: «Hai toccato il mio cuore per farmi considerare quante cose io credessi senza vederle e senza essere presente quando accadevano, come il gran numero di avvenimenti che formano la storia dei popoli, la mole di notizie attorno a luoghi e città che non avevo mai visto, e quanto credito io dessi agli amici, ai medici, a persone di ogni genere, senza il quale non si potrebbe fare proprio nulla nella vita; e infine quanto fossi fermamente convinto, per mezzo della fede, che erano stati i miei genitori a darmi la vita, cosa che non avrei mai potuto sapere se non credendo a quanto mi era stato detto». Che un certo uomo e una certa donna siano i nostri genitori non è una evidenza, ma una delle «cose che non si vedono», alle quali crediamo perché ci vengono dette da altri. Ma se crediamo solo in ciò che vediamo non potrebbe più esistere amore filiale, né amicizia tra gli uomini, e la stessa vita sarebbe un assurdo, è la conclusione di Agostino. Insomma, dice Agostino, vi sono molte cose che apprendiamo per fede (intesa qui come attitudine e non come contenuto), non solo nel campo della natura. Non c'è quindi da scandalizzarsi se parliamo di fede anche in ambito religioso. Ovviamente si tratta di un classico argomento *ad hominem*, ovvero costruito a misura del proprio interlocutore, come si diceva nella scolastica. Non mi pare tuttavia che tocchi il modo di procedere di Levi, il quale dice sì di essere un «credente laico» (due termini che facevano a pugni fino a non molto tempo fa), ma non di quel laicismo scettico che si affida *in toto* alla ragione, escludendo ogni tipo di fede fosse anche quella «naturale». Egli non esalta l'assolutezza della ragione: «Non metto la ragione sull'altare lasciato vacante dal Dio persona, nella cui esistenza non posso credere». E mentre priva la fede del suo oggetto proprio, la afferma «in tutta la sua nudità e grandiosa gratuità: non figlia di Dio, ma neppure figlia della ragione... Tale mi appare il mistero della fede, madre di Dio come è madre della ragione». E si trasforma in una sorta di cantore della fede: l'afferma, l'esalta, la difende, la rivendica. Scrive: «Ma è consentito aver fede, e quale fede, a chi non crede in un Dio persona, altro dall'uomo, eterno e immutabile?... Ed è molto diverso dall'aver fede in Dio aver fede nell'uomo, o nella storia, o nel progresso, o nella filosofia e nella ragione?» E ancora:

«Se la coscienza mi dice che non è Dio che crea l'uomo, ma l'uomo che crea Dio a sua immagine e somiglianza, non è forse questa "verità di coscienza" egualmente rispettabile, e non è meritevole di "lode e ammirazione" da parte della Chiesa anche la fede laica, comunque si voglia chiamarla?»

In questa insistenza nel pretendere e difendere la fede, anche se laica, mi pare di leggere, più che una riflessione teorica, l'affermazione che la fede è piuttosto un modo di vivere, di intendere la vita, di stare al mondo. Questa è la differenza tra la conoscenza scientifica, fredda, oggettiva, senza amore e senza odio, e la conoscenza delle persone che comporta l'aprirsi vicendevole, il fidarsi, il coinvolgersi, l'accettarsi o il rifiutarsi. La fede non è mai neutra. E allora sì, la fede è anche una passione per il mondo, per la giustizia, per il progresso, è soprattutto passione per l'uomo e la sua salvezza. E questa passione o, se si vuole, questa fede è comune tra i credenti, religiosi o laici, ed è indispensabile per affrontare il tempo presente, per lottare per la pace e la giustizia. Se ne può fare quasi un'entità a se stante, un'energia autonoma, quasi divina: «Così ridotta all'essenziale, privata del suo stesso oggetto – Dio – la fede appare in tutta la sua nuda e grandiosa gratuità: non figlia di Dio, ma neppure figlia della ragione, che non può giudicarla con i fatti della storia, ahimè troppo oscuri e contraddittori, ma solo essere da essi giustificata. Tale mi appare il mistero della fede... Usare, per spiegarla, il linguaggio di ogni giorno è difficile: definire la fede un'emozione, o uno slancio, o un'ispirazione, o una condizione dello spirito, è ragionare sulle parole».

Si possono cantare queste parole anche della fede cristiana, almeno in certa prospettiva. Se dovessi trovare una analogia con il linguaggio scolastico direi che si tratta della *fides qua creditur* (si intende l'atto), non della *fides quae creditur* (si intende il contenuto). Con la prima si intende l'atteggiamento dell'uomo nel credere, con la seconda i contenuti o l'oggetto del credere (questa distinzione, proposta già da sant'Agostino, divenne comune a partire da Pietro Lombardo). Molte affermazioni contenute nel volume di Levi si inquadrano e si comprendono nel versante della *fides qua*, sì da poter dire: «La fede è una incausata ricerca di un senso delle cose, di un fine degli eventi che noi, come individui e come specie, ci troviamo a vivere e a costruire, che vogliamo governare, e da cui non vogliamo essere essere governati». E qui camminiamo l'uno accanto all'altro. Levi si differenzia inoltre da Jaspers per il quale la fede, nell'ambito filosofico, corrisponde alla decisione di autoessere: «La fede autentica è l'atto dell'esistenza nella quale la trascendenza diventa cosciente nella sua realtà». Nel nostro caso, la fede è sempre un trascendersi e aprirsi verso l'Altro. Essa non è mai la conclusione di una serie di sillogismi e neppure il termine di un processo razionale. Certo l'atto di credere deve potersi giustificare umanamente, e quindi razionalmente. Ma questo non significa che è la conclusione di un sillogismo. Ha ragione Levi quando dice che «la fede, sia essa laica o religiosa, è insomma un dono, una grazia», che sfugge alle maglie troppo strette della ragione. La fede, aggiungo io, confortato anche da queste sensazioni, è perciò un'energia interiore che brucia dentro l'uomo e lo coinvolge in una vicenda che va oltre la sua persona. Scrive giustamente il cardinale Martini: «Il credente non sente la fede come scelta tra "pìstis" e "apistìa", tra fede e incredulità, ma anzitutto come appello, grazia e dono; potrà coglierne le ragioni, potrà dirsele e ridirsele, ma il gesto stesso è sentito come dono, ed è dono, ed è grazia». Ma, appunto, – è la domanda che rivolgo a chi accetta la fede laica – dono di chi?

Eppoi, non è necessario chiarire ancor meglio cosa vuol dire fede nell'uomo? Nella concezione della fede religiosa, l'oggetto del credere non è una verità astratta, un'idea o una concezione, ma Dio stesso come persona, come soggetto. L'atto di fede non termina, quindi, nell'enunciazione di un asserto (vero, ma astratto) bensì nel suo contenuto, ossia nella persona stessa di Dio, per cui credo a Dio e a ciò che mi dice, tendo verso Dio e mi affido a lui. Basti ricordare la celebre affermazione di Tommaso: «*Actus autem credentis non terminatur ad enuntiabile, sed ad rem: non enim formamus enuntiabilia nisi ut per ea de rebus cognitionem habeamus*», ovvero, «l'atto del credente non si esaurisce nell'enunciare qualcosa, ma coinvolge la cosa; del resto non ci formiamo enunciati se non affinché, attraverso di essi, giungiamo ad acquisire contezza delle cose». Se passiamo a considerare la fede laica dobbiamo chiederci in che senso l'uomo è oggetto della propria fede, o in quale modo si confida in lui e a lui ci si affida. Si potrebbe dire che non si ha altra scelta, pena la prevaricazione e la perdita di ogni speranza. Se il laico non vuole rassegnarsi al male, l'unica via che ha è quella di confidare nell'uomo e nelle sue capacità. Ed è in ogni caso inevitabile. Ma – anche per chi crede – questa fede non rischia di essere astratta? A chi affidarsi? Ad un uomo, ad un gruppo di uomini? E credere nell'umanità, non è troppo generico?

Significativo in proposito un passaggio della citata lettera di Bobbio a Levi. Il filosofo torinese, dopo essersi riconosciuto nella fede laica, scrive: «In realtà se dovessi veramente cercare di giungere sino in fondo dei miei pensieri e delle mie convinzioni, sarei tentato di dire che io sono piuttosto un uomo del dubbio che di una qualsiasi fede, sia pure quella laica. Se la fede laica vuol dire fede nell'uomo, mi domando se questa fede non sia altrettanto soggetta al dubbio quanto quella religiosa. Allora non resta che il senso, che può anche essere angoscioso, ma è l'ultimo termine cui giunge la nostra ragione, del mistero. Non è forse questo senso del mistero che unisce profondamente e indissolubilmente gli uomini dell'una e dell'altra fede?» Bobbio ha ragione: il mistero è la soglia che ci accomuna. È difficile se non impossibile per noi superarla, a meno che non sia il mistero stesso a varcarla venendoci incontro. La ragione, proprio mentre pensava di aver catturato il senso dell'universo, si trova nelle mani il mistero in tutta la sua oscurità abbagliante. Essa stessa perciò, rendendosi conto di non poter spiegare tutto conduce sulla soglia del mistero; certo non lo conquista ma neppure può escludere che si riveli. Ma se questo evento dovesse accadere (com'è accaduto per chi crede), non avverrebbe sul piano della logica razionale, ma su quello della libertà, perché chiederebbe all'uomo il coinvolgimento radicale della propria esistenza, un assenso ben più profondo di quello puramente razionale. La ragione, perciò, pur avendo un posto determinante nella giustificazione della fede (sia nel portare fino alla soglia del mistero, sia successivamente, dopo che il mistero si è rivelato), non ne può fondare il senso. Il momento della fede accade con lo svelamento stesso del mistero. Il mistero, pertanto, pur non perdendo la sua oscurità, diviene però chiarificatore perché illumina la soglia alla quale la ragione ci ha condotti. In tale contesto il rafforzamento dell'aspetto soggettivo della fede non solo non è a scapito di quello veritativo; ne diviene una condizione indispensabile. La scissione dei due aspetti – che talora è stata avvertita – ha senza dubbio indebolito entrambi.

La fede come illuminazione interiore spinge a considerare con maggiore attenzione tutto il filone della teologia della illuminazione dello Spirito Santo, che conduce sino alla conoscenza mistica. La fede, infatti, non crea il proprio oggetto, lo scopre, dopo averlo desiderato, intuito, «sognato». Essa svela ciò che è nascosto, scopre la persona che si ama. La fede è perciò la capacità di scoprire Dio (*homo capax Dei*); è, insomma, una energia interiore che spinge verso l'Altro, che impedisce di chiudersi, che fa dire: non è bene restare soli. Ed è ancora la fede che spinge a trovare (rivelare a se stessi) quello che è impossibile scoprire per al-

tre strade. Niente nella fede è senza grazia, né l'apporto
dell'intelletto, né quello della volontà, né l'accettazione
dell'oggetto di fede, né l'accettazione della credibilità. L'i-
niziativa ultima non sta mai nella creatura. Dio, e solo lui,
rende possibile la fede. Quindi anche la credibilità della fede è soggetta alla grazia. La fede cioè non è dimostrabile ed
esclude quindi ogni vanto da parte dell'uomo. Scrive l'a-
postolo Paolo: «Dov'è dunque il tuo vanto? Esso è escluso.
Da quale legge? Quella delle opere? No, dalla legge della
fede». E Kierkegaard: «Dell'Assoluto non si possono dare
ragioni, al massimo si possono dar ragioni che non sono ragioni». Tutto è grazia, ma la grazia non soppianta l'uomo,
non rende superflua la sua azione e il suo impegno. Buber
sostiene che il non poter fondare la fede non indica una ca-
renza della nostra facoltà di pensiero, manifesta piuttosto
una caratteristica essenziale del nostro rapporto con colui
di cui si ha fiducia o con ciò che si riconosce per vero. È un
rapporto – continua Buber – che per natura sua non si basa su ragioni, così come non ne procede. Si potranno ad-
durre ragioni al proprio credere, ma non renderanno mai
piena giustizia alla propria fede. In questo caso il perché
viene sempre in un secondo tempo, anche se emerge già nei
primi stadi del processo.

La fede, infatti, impegna tutto l'uomo nella sua interezza, compresa la dimensione intellettiva, per una decisione
radicale. In tal senso sarebbe davvero pericolosa una fede
che pretendesse di fare a meno della ragione; facilmente
sfocerebbe nel fanatismo o nell'oscurantismo. È quindi anche con la ragione che nel *Credo* i cristiani dicono «Credo
in Dio» e non «Credo che c'è un Dio». La differenza tra
credere «che» e credere «in» è determinante, perché specifica un rapporto personale: credere è dare del «tu» a Dio.
L'incontro tra Gesù e la samaritana è emblematico. «Credi
a me, o donna», le dice Gesù. E subito dopo l'assenso della donna Gesù si rivela a lei. La fede riposa in questo in-

contro personale, come appare chiaro anche nel discorso di commiato che Gesù fa ai discepoli: «Abbiate fede in Dio e abbiate fede in me». A sua volta Paolo dice di Gesù: «Chi crede in lui (in Gesù) non sarà deluso». Nella *Dei Verbum* si legge: «A Dio che rivela è dovuta l'obbedienza della fede, con la quale l'uomo si abbandona a Dio tutto intero liberamente, prestandogli il pieno ossequio dell'intelletto e della volontà. Perché si possa prestare questa fede sono necessari la grazia di Dio che previene e soccorre e gli aiuti interiori dello Spirito Santo, il quale muova il cuore e lo rivolga a Dio, apra gli occhi della mente, e dia a "tutti dolcezza nel consentire e nel credere alla verità", affinché poi l'intelligenza della rivelazione diventi sempre più profonda, lo stesso Spirito Santo perfeziona continuamente la fede per mezzo dei suoi doni». Queste parole, mentre riprendono la dottrina del Vaticano I, aprono una nuova prospettiva nella comprensione della fede cristiana, la quale richiede, appunto, non solo l'adesione dell'intelletto e della volontà del credente, ma dell'uomo tutto intero a Dio che si rivela.

Giovanni Paolo II, nella enciclica *Fede e Ragione*, riprende la *Dei Verbum* e ne continua la riflessione: «È per questo che l'atto con il quale ci si affida a Dio è sempre stato considerato dalla Chiesa come un momento di scelta fondamentale, in cui tutta la persona è coinvolta. Intelletto e volontà esercitano al massimo la loro natura spirituale per consentire al soggetto di compiere un atto in cui la libertà personale è vissuta in maniera piena. Nella fede, quindi, la libertà, non è semplicemente presente: è esigita. È la fede, anzi, che permette a ciascuno di esprimere al meglio la propria libertà».

Il mistero si rivela

***

LA STORIA della fede ebraico-cristiana, di come essa è stata compresa e vissuta, non è lineare e neppure chiara sin dall'inizio. La stessa formazione del monoteismo ebraico, come concezione di un Dio personale e unico, ha richiesto un lungo processo storico. E in tal senso si può dire che l'uomo, accogliendo la rivelazione del mistero, ha dovuto elaborare l'idea di Dio e in certo modo conquistarla. La rivelazione, infatti, si assoggetta ai processi storici e ne segue i ritmi. Israele perciò mentre accoglieva (con fede) l'ispirazione di Dio, ne elaborava i contenuti all'interno del contesto storico-religioso in cui si trovava, con il linguaggio allora disponibile perché la fede (il contenuto) fosse comprensibile e comunicabile. La critica storica evidenzia l'influsso dell'ambiente circostante non solo sul lessico religioso di Israele ma anche su molte categorie del divino e persino su aspetti della concezione stessa della divinità («'El», il nome della divinità, Israele l'ha mutuato dalle religioni vicine). A più riprese il testo biblico, ad esempio, ricorda con venerazione personaggi la cui genuina religiosità si sviluppa fuori dell'ambito israelitico; basti pensare a Melchisedec sacerdote del dio 'El. Gli studiosi del Primo Testamento sono per lo più concordi ormai nel ritenere che è possibile individuare il percorso storico attraverso il quale il popolo ebraico ha gradualmente accolto la rivelazione di Dio sino a giungere a venerarlo come il Dio di Abramo, di Isacco e di Giacobbe. Una costante di questo itinerario è il continuo confronto, anche drammatico, tra Dio che si rivela e il popolo d'Israele che lo ascolta, sì che nella Scrittura la fede non è mai stata un fatto scontato. Ci sono stati uomini (talora l'intero popolo) che si sono persino opposti all'idea di Dio sino a combatterla o a dimenticarla; ma essa sempre è ritornata, con la sua forza seduttiva. In questa quasi quadrimillenaria storia l'opera dell'uomo non è disgiunta da quella di Dio nella elaborazione della fede. È stata sempre una storia a due, se così possiamo dire, soggetta a tutta la logica che un tale rapporto richiede.

Il Dio d'Israele, all'inizio della storia ebraica, non era l'unico; si trovava in compagnia di molti altri dèi, sebbene tutti più deboli, muti e impotenti. La differenza era data proprio dal fatto che il Dio d'Israele era il più potente; non il popolo, si badi bene, ch'era anzi il più piccolo tra tutti, ma Dio. Nel libro di Giosuè si legge: «"Temete dunque il Signore e servitelo con integrità e fedeltà; eliminate gli dèi che i vostri padri servirono oltre il fiume e in Egitto e servite il Signore. Se vi dispiace servire il Signore, scegliete oggi chi volete servire: se gli dèi che i vostri padri servirono oltre il fiume oppure gli dèi degli Amorrei, nel paese dei quali abitate. Quanto a me e alla mia casa, vogliamo servire il Signore." Allora il popolo rispose e disse: "Lungi da noi l'abbandonare il Signore per servire altri dèi!"». Si deve perciò parlare di monolatria più che di monoteismo, come si arguisce dalla ripetuta richiesta, presente nel libro del Deuteronomio, di eliminare tutti gli altri dèi dalle pratiche di culto del popolo d'Israele. Tali disposizioni furono una tappa fondamentale nel passaggio verso il monoteismo, che acquistò tratti più chiari solo nel periodo esilico e post esilico (dopo il 586 a.C.). Scrive il profeta Isaia:

Sono il Signore che ha fatto tutto,
che ha spiegato i cieli da solo,
ho disteso la terra; chi era con me?
Io svento i presagi degli indovini...
Io dico a Gerusalemme: sarai abitata...
Io dico all'oceano: prosciugati!
Faccio inaridire i tuoi fiumi.
Io dico a Ciro: mio pastore;
ed egli soddisferà i miei desideri.

È singolare che l'affermazione del monoteismo si chiarisca nel momento dell'esilio, mentre Israele fa l'esperienza lancinante dell'abbandono da parte di Dio. Gli spiriti più attenti, mentre vivevano l'amara condizione di esiliati, si chiedevano dove fosse il Signore che aveva liberato il popolo dalla schiavitù dell'Egitto; dove fosse colui che aveva concesso la terra e promesso la protezione. Era forse la schiavitù di Babilonia (ove peraltro la proliferazione delle divinità era notevole) e la deportazione in terra straniera, il risultato dell'opera di Dio? Non a caso Isaia unisce la fede in Dio alla stabilità di Israele: «Se non crederete, non avrete stabilità», e sottolinea che la fede è anzitutto e soprattutto la stabilità in Dio, l'affidarsi totalmente e senza riserve a Lui. È vero che la manifestazione di Dio al suo popolo non era sempre chiara ed evidente. Anzi, nei libri del Primo Testamento appare piuttosto un «Dio nascosto». Jack Miles nota che il Dio biblico sembra man mano nascondersi più che svelarsi; farsi silenzioso e discreto più che onnipresente. Le ultime parole che pronuncia sono quelle rivolte a Giobbe; e, alla fine del libro, sembra sia Giobbe a ridurre Dio al silenzio. Dio non parla più, e di Lui si parla sempre meno, e si svela sempre più mediante la storia. Non parla direttamente agli uomini, i quali possono vederlo solo da dietro, scorgere le sue spalle.

La prima grande rivelazione nella Scrittura è quella narrata dall'Esodo: la risposta di Dio a Mosè che gli chiede il nome. Dio, potremmo dire, si rende personalmente noto con il suo nome: «Jhwh discese... e proclamò il nome... Jhwh, Jhwh, il Dio della misericordia e della grazia». La rivelazione a Mosè del nome Jhwh ha attraversato tutta la tradizione filosofica e teologica orientale e occidentale restando uno dei momenti centrali della rivelazione biblica. «Mosè disse a Dio: "Ecco io arrivo dagli israeliti e dico loro: Il Dio dei vostri padri mi ha mandato a voi. Ma mi diranno: Come si chiama? E io cosa risponderò loro?". Dio disse a Mosè: "Io sono colui che sono!"». Sono stati scritti fiumi d'inchiostro su queste parole. I teologi (partendo da Filone di Alessandria, filosofo ebreo, e passando ai Padri greci e a quelli latini, quindi ad Agostino e a Tommaso, a Bonaventura, a Ockham e ai teologi successivi) hanno letto questo testo utilizzando la traduzione greca dei Settanta: «Io sono l'essere». Ma questa lettura, del tutto estranea allo spirito della Bibbia ebraica, li ha spinti verso una interpretazione in prospettiva chiaramente metafisica, passando così da una lettura che manifestava l'esistenza di Dio come salvatore — questo il cuore della rivelazione biblica — ad una lettura metafisica che sottolineava l'essenza di Dio. Alcuni esegeti contemporanei, distanti da questa interpretazione filosofica del brano, pensano che Dio si sia invece rifiutato di manifestare il suo nome, poiché, nella sensibilità ebraica, la conoscenza del nome avrebbe significato possedere la realtà stessa di una persona. E Dio non voleva essere posseduto; per questo non lo si poteva neppure nominare.

Il testo ebraico, comunque, a una analisi più attenta non sembra contenere tale rifiuto. «Io sono colui che sarò», dice il Signore, secondo la traduzione letterale dell'ebraico. A Dio propriamente non interessa né stabilire che è l'unico, né che è un Essere immobile. Si manifesta, invece, a Mosè come un essere vivente che entra dentro la storia e travalica il tempo: è il Signore del presente e del futuro (questo sottolineano i due tempi del verbo essere). Il contesto chiarisce ancor più questa prospettiva storica: «Io sono mi ha mandato a voi», continua la risposta nel versetto 15; e ancora: «Il Signore, il Dio dei vostri padri, il Dio di Abramo, di Isacco e di Giacobbe, mi ha mandato a voi». Pertanto, «Io sono» è il Dio di una storia ben precisa, quella dei Padri (del passato), quella del popolo di oggi (del presente) e del futuro. Alla fine del versetto 15 la conferma: «Questo è il mio nome per sempre; questo è il titolo con cui sarò ricordato di generazione in generazione». Il nome di Dio perciò non è contenuto nelle sole prime parole, bensì in tutto il contenuto compreso nei versetti 14-15; la frase iniziale «Io sono colui che sono» è perciò specificata da ciò che Dio continua a dire a Mosè. È pertanto piuttosto evidente che non ci troviamo in un contesto di ordine filosofico, bensì in una prospettiva storica nella quale Dio vuole assicurare la presenza ininterrotta accanto al popolo che si è scelto. Jhwh si presenta come un dio ben diverso dagli dèi degli altri popoli, dagli idoli muti e impotenti che talora anche gli israeliti hanno adorato. Il Dio che si manifesta a Mosè rivela la sua decisione irrevocabile di essere vicino agli uomini, attraverso quel popolo particolare. Il verbo essere perciò esprime non l'esistenza di un ente astratto, bensì la continuità di una compagnia: Dio si fa prossimo ad Israele per liberarlo e condurlo sino alla terra promessa. Per i cristiani la pienezza di tale compagnia è il Cristo, che viene a completare il nome rivelato al Sinai. Nella Lettera agli Ebrei si legge: «Dio, che aveva già parlato nei tempi antichi molte volte e in diversi modi ai padri per mezzo dei profeti, ultimamente, in questi giorni, ha parlato a noi per mezzo del Figlio, che ha fatto erede di tutte le cose e per mezzo del quale ha fatto anche il mondo».

Dare del tu a Dio

NEL CRISTIANESIMO, il mistero che ha iniziato a manifestarsi ad Abramo, si è rivelato con un volto e un nome: Gesù Cristo. La fede cristiana non è perciò un generico superamento di se stessi (cosa del tutto apprezzabile), né un semplice credere nell'uomo e nella sua forza (anch'esso prezioso); essa è affidarsi totalmente a Gesù di Nazareth. Si potrebbe anche dire che Gesù è anzitutto l'esempio del perfetto credente, perché egli vive, spera, opera, soffre «nella certezza di essere sempre esaudito». In tutto il Nuovo Testamento il nome «Dio» è sempre utilizzato per indicare la prima persona della Trinità, quella a cui Gesù rivolgeva la sua preghiera e la sua sottomissione. Dio non è mai una essenza; è sempre una persona: il Padre di Gesù Cristo. Ebbene, i cristiani partecipano a questa fede del loro Maestro. In tal senso Gesù non è solo l'oggetto della fede, ne è anche il soggetto eminente, l'archetipo, l'esempio più alto a cui il credente si unisce sino a divenire un membro del suo corpo, come più volte ripete Paolo. Se vogliamo individuare nel Nuovo Testamento gli esempi emblematici della fede dobbiamo esaminare gli incontri di Gesù con i primi discepoli, specialmente come sono riportati nella narrazione di Giovanni. Ho già accennato a quello con la samaritana; ma ancor più chiari sono quelli con i primi discepoli. Splendido è il primo, con Andrea e Giovanni, inizialmente seguaci del Battista. Terminato il battesimo di Gesù, essi lasciano il Battista e seguono questo giovane venuto da Nazareth mentre si allontana. Gesù, dopo qualche tratto di strada, si volta verso di loro e chiede: «Che cercate?» «Maestro, dove abiti?», rispondono. E Gesù: «Venite e vedrete». I due si fermarono con lui tutto il giorno, nota l'evangelista. È la frequentazione cui ho accennato precedentemente, la quale richiede consuetudine, riflessione, dialogo e contemplazione: sono le condizioni che permettono di incontrare il mistero qualora si manifesti. Andrea e Giovanni lo contemplarono e lo accolsero. Essi, tornati indietro, a loro volta, incontrarono altri amici e dissero loro: «Venite e vedrete!» Così Filippo a Natanaele. La stessa cosa accadde con la samaritana: dopo il suo incontro con Gesù andò a chiamare i suoi concittadini: «Venite a vedere un uomo che mi ha detto tutto ciò che ho fatto. Non sarà forse lui il Cristo?» Ecco cos'è la fede. È frequentare Gesù, stare con lui, parlare con lui, vivere affidandosi a lui. La fede non è certo un elenco di formule incomprensibili da accettare a occhi chiusi (anche se ovviamente anche in quelle non manca il contenuto di verità). Tillich lamenta che una delle cose peggiori che rendono irrilevante il messaggio cristiano è identificare la fede con la credenza in certe dottrine. Negli scritti giovannei, come abbiamo visto, la fede è sempre un evento, in cui è impegnato tutto l'uomo. La fede mai è solo dottrina. Si potrebbe dire che il rapporto con Dio più che in una conoscenza intellettualistica consiste in una seduzione, in un legame d'amore forte e definitivo ancorché burrascoso.

Vorrei prendere ad esempio di tale fede la preghiera di un ebreo che, mentre fuggiva dall'Inquisizione spagnola, ebbe la moglie uccisa da un fulmine e il figlio annegato nel mare durante il viaggio. Giunto infine in un'isola rocciosa e deserta si rivolse al suo Dio:

Dio di Israele, sono fuggito qui per poterTi servire indisturbato, per obbedire ai Tuoi comandamenti e santificare il Tuo nome. Tu però fai di tutto perché io non creda in Te. Ma se con queste prove pensi di riuscire ad allontanarmi dalla giusta via, Ti avverto Dio mio e Dio dei miei padri, che non Ti servirà a nulla. Mi puoi offendere, mi puoi colpire, mi puoi togliere ciò che di più prezioso e caro posseggo al mondo, mi puoi torturare a morte, io crederò sempre in Te. Sempre Ti amerò, sempre sfidando la Tua stessa volontà.

La fede è essere afferrati da una potenza come questa che coinvolge e sconvolge l'uomo in maniera suprema. Si tratta, come si può vedere, di un particolarissimo rapporto di intimità tra Dio e l'uomo che è proprio della tradizione ebraico-cristiana. Già nel Primo Testamento, seppure il nome dell'Altissimo restava impronunziabile e nessuno poteva vedere Dio senza morire, tutti però potevano dargli del tu. E Gesù, spingendosi sino al limite estremo, insegna ai discepoli a chiamare Dio con il nome affettuoso di *abbà*, come i bambini si rivolgono al padre.

Il rapporto di figliolanza tra Dio e il suo popolo specifica la fede abramitica e la distingue dalle altre fedi, in particolare dalla fede laica. I figli di Abramo danno del tu a Dio; e possono darglielo perché Dio ha un nome che ha voluto rivelare al suo popolo. È qui, in questo rapporto di fede, che si ha la possibilità della preghiera. Levi concorda nel dire che la preghiera affonda le radici nelle profondità dell'anima, ma sostiene che anche il laico, con un atto di fede, affronta il dolore e il male stoicamente, rifiutando la disperazione. È ovviamente un'atteggiamento più che legittimo. Tuttavia la preghiera dei credenti, potendo rivolgersi ad un tu con fiducia e confidenza, permette di vincere quella solitudine radicale, non superata neppure dai legami della comunità. Questo profondo e originalissimo rapporto richiede una comunione profonda tra creatura e creatore senza la quale è altissimo il rischio che tutto perda senso. È vero che il laico è talora preso dal dubbio di fronte alle tragedie della vita, e può chiedersi se non sia un atto di presunzione pretendere di trovare questo punto di appoggio soltanto dentro di sé, nel proprio cuore e nella propria anima. Quindi non in riferimento alla parola di Dio, ma a un istinto di verità che viene ancor prima di quella parola e di quei sacri testi. Tuttavia, anche il credente è spinto a scendere nel profondo del proprio essere, nel proprio cuore e nella propria anima, sebbene non in una discesa infinita, perché è nel cuore che si sente il desiderio di comunione e di amore, ed è comunque solo nel cuore e con il cuore che si può dialogare con la Parola. Comprendo Levi quando accenna alla solitudine del laico: «Chi professa una fede laica, umanistica, deve rassegnarsi alla solitudine: il laico crede da solo». Il laico è solo con la sua fede. E gli sono vicino quando aggiunge: «È opportuno ammettere che il credente laico, forte solo della sua fede nell'uomo, si lascia indurre a pensare, talvolta, che forse sarebbe bello avere fede in Dio, insieme ad altri che la condividono, essendo partecipe con loro di riti, di atti comuni, di celebrazioni che proclamino la fede». Ovviamente posso assicurare che è bello e che porta consolazione e forza. Sono, siamo ben lieti di accogliere e condividere questa comunione. La fede, può sembrare paradossale, ma non crea confini; al contrario ne cancella molti e rende il credente universale.

Dicevo che possiamo dare del tu a Dio perché Lui si è presentato come «Io», ossia in modo personale. È ovvio che si tratta di un linguaggio simbolico, l'unico possibile davanti al mistero. Tale linguaggio non nasconde il mistero, anzi lascia intuire una realtà che tanto ci supera. Presentandosi come «Io», Dio vuol dirci che non è un principio neutro, sebbene altissimo, che non è un Ente supremo, sebbene potentissimo. È un «Io» sovrano: «Io sono Dio, nulla è simile a me. Sono colui che al principio rivela la fine e molto prima ciò che non era stato ancora fatto; che dice: il mio progetto rimarrà; io farò quanto mi piace!», si legge nel profeta Isaia. Nella stessa formula dell'alleanza appare con evidenza incredibile questo rapporto personale tra Dio e il suo popolo: «Io sarò il loro Dio ed essi il mio popolo». Quindi un Dio persona, anzi più che persona. Tre persone; la perfezione. Anche in questo caso il linguaggio è simbolico e analogico; volendo riprendere lo schema scolastico di conoscenza si potrebbe attuare il seguente processo dialettico: si inizia con la *via affermationis* (Dio è persona); si continua con la *via negationis* (il contenuto viene in certo modo negato, perché inadeguato), e si conclude con la *via eminentiae* (il contenuto viene esaltato sino all'infinito). La conclusione è che Dio è «il» soggetto per eccellenza. E come tale, ossia come persona, ha potuto cercare l'uomo, come ha fatto chiamando prima Abramo, poi Mosè e gli altri.

È singolare il rapporto tra Dio e il credente, come emerge nel libro di Giobbe. I tre amici di Giobbe quando parlano di Dio interloquiscono sempre in terza persona, potremmo dire che discutono da sapienti, da teologi; e con loro anche Giobbe. Siamo sul piano della riflessione, del dibattito, della diatriba, ma sempre tra uomini e attorno ad un oggetto, seppure altissimo e che riguarda quel problema gravissimo ch'è il male e l'ingiusta sofferenza nel mondo. Il testo sacro cambia prospettiva quando Giobbe, nel capitolo 40, si rivolge direttamente a Dio, dandogli del tu. Un dialogo tormentato e scabroso, ove Giobbe si oppone al suo Dio prospettandogli le sue ragioni. Il tu, in fondo, è l'unico pronome che si addice allo scambio tra creatura e creatore. Giobbe lo trova nel mezzo della prova, non prima. Il tu è quel salto che i tre compagni riuniti attorno a lui non compiranno mai nel corso del libro. Essi parlano di Dio sempre in terza persona; Giobbe esce allo scoperto della seconda persona e per questo Dio si rivolgerà a lui con il più vasto discorso della Bibbia, dopo quello del Sinai. Chi crede dà del tu a Dio, gli si rivolge riuscendo a trovare dentro di sé il verso, l'urlo o il bisbiglio, il luogo, la chiesa, la stanza, l'aria aperta, per distogliersi da se stesso e disporsi verso l'alto. È questo il senso profondo di quel grande libro di preghiera che sono i Salmi. Tutte le fasi e i problemi della vita, si potrebbe dire, sono raccolti in quei 150 brani di invocazioni a Dio. Il rabbino Toaff racconta che il padre gli consigliava di portare con sé questo libretto di preghiere: non c'è occasione della vita – diceva – che non trovi nei salmi una preghiera adeguata.

Il rapporto da persona a Persona sostanzia la fede che da Abramo è giunta sino ai credenti monoteisti di oggi. Ovviamente, non mancano le diversità tra la preghiera ebraica, quella cristiana e quella musulmana, ma nel rapporto personale con Dio esse trovano una radice comune. Nella preghiera emerge più che altrove la differenza tra la fede laica e quella religiosa, come nota anche Levi: «Non è forse la mancanza della preghiera, l'impossibilità di pregare, ciò che più di ogni altra cosa differenzia la fede laica da quella religiosa? E non è la capacità di pregare un'ultima risorsa, che fa della fede religiosa l'estremo rifugio per un'anima disperata, che la fede laica non può offrire?» E per di più la preghiera lega i credenti di oggi con le generazioni passate che hanno attinto alla stessa fonte realizzando così una comune storia di intercessione che in certo qual modo entra direttamente nel mistero. Il fatto che per il credente il mistero abbia un volto crea una singolare situazione: l'Altissimo è il vicinissimo, a tal punto da potergli dare del tu. E con la venuta di Cristo tra gli uomini si avvera un singolare paradosso: il tu è a un Dio fatto carne, visibile ma al tempo stesso *absconditus*. Cristo, ch'è assieme il pienamente uomo e il pienamente *altro*.

Fede e verità di fede

✦━━━━━━━✦

NELL'ATTO DI FEDE il rapporto tra contenuto e atto è stato uno dei punti problematici che ha segnato non poco la riflessione nelle Chiese cristiane (è la distinzione cui abbiamo già accennato tra *fides qua*, aspetto soggettivo, e *fides quae*, aspetto oggettivo). Vale forse la pena darne un brevissimo *excursus* al fine di contestualizzare la nostra riflessione. Il problema delle verità di fede nacque nei primi secoli dell'era cristiana, allorché iniziarono ad espandersi le eresie, e fu necessario precisare la fede della Chiesa (questa formula assunse un tono ufficiale, tanto da entrare nei testi liturgici, come mostra bene Marie-Thérèse Nadean) delineandone i contenuti e i confini da rispettare. L'aspetto soggettivo della fede, dato per acquisito e da nessuno messo in questione, passò *de facto* in secondo piano nella riflessione. Questo ha portato a intendere la fede della Chiesa soprattutto come un complesso di dottrine e di verità da credere, da difendere e da insegnare. Non mancano tuttavia eccezioni. Massimo il Confessore, ad esempio, concepisce la fede come una unione immediata dello spirito con Dio, senza che questo significhi un tipo inferiore di conoscenza: «La fede è una conoscenza vera che possiede principi indimostrabili, essendo come sostanza di cose superiori alla mente e alla ragione». Anche sant'Agostino sottolinea l'insufficienza di un approccio solo razionale alla fede: «Con l'amore si domanda, con l'amore si cerca, con l'amore si aderisce alla rivelazione, con l'amore infine si rimane in quello che è stato rivelato». La fede che giustifica, diversamente dalla fede dei demoni come scrive Giacomo nella sua lettera, non consiste soltanto nel piegarsi a prove evidenti: è adesione a Cristo (*credere Christo*) e ricerca dell'unione con Lui (*credere in Christum*).

I teologi medievali, nel tentativo di rendere coerente il sapere della fede con le conquiste della ragione, accentuarono la fede prevalentemente come un atto della ragione che aderisce alle verità rivelate. Credere pertanto significava ritenere per vero tutto quello che Dio aveva rivelato. Ben presto però si comprese che il solo atto di assenso dell'intelletto ad alcune verità non portava alla salvezza. E la teologia medievale si vide costretta a distinguere tra fede come assenso alla verità e fede con l'aggiunta di qualcos'altro che procurasse la salvezza, ossia la *charitas*. Si arricchì l'antica formula trasformandola in *Fides charitate formata*, ossia la fede sostanziata dalla carità. La fede che salva, perciò, è l'adesione a Cristo e non quella che semplicemente fa ritenere vere alcune affermazioni della rivelazione. Duns Scoto, legato alla scuola francescana, sosteneva che la fede non è un atto puramente speculativo: essa è una perfezione dell'intelletto pratico poiché è ordinata all'amore e alla pienezza della vita della gloria, sì che la fede senza la carità è priva di forma (*informis*) e dunque carente. La teologia post-tridentina, a motivo della polemica antiprotestante, rimase legata alla dimensione conoscitiva della fede come era stata presentata dalla scolastica e fermò la sua attenzione alla questione dei rapporti con la conoscenza razionale. Fu perciò facile intenderla come conoscenza, nel modo più esatto e perfetto possibile, di tutti i contenuti della fede. Per parte sua, la teologia riformata cercò di liberare la fede da una mera accumulazione di affermazioni messe in fila una dietro l'altra. La teologia cattolica, che non voleva affatto escludere la fede come atto, anzi era dell'opinione che la fede fosse intelligibile come atto di per se stessa, si sentì come costretta a precisare e articolare volta per volta i contenuti. I riformati ribattevano – sono purtroppo i guasti di una polemica non cordiale – che di fronte a un processo di oggettivazione così accentuato si finiva col dimenticare il contenuto centrale e il punto decisivo della fede, ossia l'adesione incondizionata (quindi una fede intesa come radicale fiducia, confidenza, abbandono) a Gesù Cristo.

Nel secolo XIX, il rapporto con le nuove correnti culturali spinse alcuni pensatori cattolici (i fautori del «tradizionalismo» e del «semirazionalismo») a rifugiarsi in una fede fideista per sfuggire al fallimento della conoscenza naturale. In tale contesto, ancora fortemente segnato dalla polemica, giunse la definizione del Vaticano I. L'attenzione del Concilio verso i *credenda*, ovvero le cose da credere, i dogmi, mise in secondo piano, senza ovviamente né attenuare né negare, l'incontro personale tra Dio e il credente. La forte preoccupazione per il rapporto tra fede e ragione spinse i padri conciliari ad affrontare la questione della fede in una prospettiva intellettualistica. Tuttavia il Concilio, se pure presentò la fede come un forma di conoscenza basata sull'autorità divina, non negò che si potesse affrontarla anche da altre prospettive. Significativa fu la posizione di Newman. Negli otto volumi dei *Sermoni parrocchiali e semplici*, pronunciati a Oxford nella parrocchia anglicana di Maria Vergine tra il 1825 e il 1843, egli sottolinea il rapporto tra fede e visione, fede e obbedienza, fede e amore, mettendo in chiaro che nessuna qualità presa isolatamente può essere considerata garanzia di santità. Anche un altro teologo, Mattias Joseph Scheeben, riteneva «astratto e meccanico» il tentativo di spiegare la fede come conclusione di un sillogismo implicito avente come premesse la veracità di Dio e il fatto della rivelazione. Il cuore umano, diceva, è caratterizzato da un istinto naturale, rafforzato dalla grazia, che lo spinge a credere (*pius affectus credulitatis*), ossia a consegnarsi volontariamente a Dio come un bambino si affida al padre. E, per accennare solamente all'area protestante, si può ricordare l'affermazione di Bonhoeffer sulla fede come atto totale, che coinvolge la totalità della vita della persona facendola partecipare alla vita di Cristo, «uomo per gli altri». Oggi, finalmente, si potrebbe dire – ma la fede non è un reperto archeologico mummificato –, abbiamo raggiunto la capacità e il distacco sufficienti per riconoscere che la fede implica necessariamente i due aspetti, forse con una sottolineatura maggiore dell'atto di fede personale. La ricerca teologica tende a sviluppare un concetto più ampio di fede per comprenderla nella sua complessità, come si dice nella *Dei Verbum*.

La fede cristiana presenta, ovviamente e inevitabilmente, anche un lato contenutistico. Colui che si affida a Gesù, non può non credere a ciò che egli dice. Ma le formule di fede vanno situate nel loro alveo naturale e comprese nella loro complessità, cui abbiamo accennato, altrimenti si trasformano in formule aride. Esse sono senza dubbio dei punti fermi; somigliano alle luci che illuminano il cammino, oppure, secondo un'immagine cara a Henri de Lubac, alle onde che portano il nuotatore in alto mare: «La mente che si sforza di "comprendere" Dio non può essere paragonata all'*avaro* che raccoglie un sacco d'oro – una somma di verità – sempre più grande. Essa non somiglia neanche all'*artista* che riprende all'infinito uno schizzo per renderlo ogni volta meno imperfetto e per trovare alla fine riposo e godimento estetico della sua opera. Essa è piuttosto simile a un nuotatore che, per mantenersi sulle onde, avanza nell'oceano, dovendo ad ogni bracciata respingere una nuova onda. Essa supera, supera senza fermarsi, le rappresentazioni che si riformano continuamente, ben sapendo che esse lo portano, ma che fermarvisi significherebbe morire». Il credente non termina mai di esplorare le formule della fede; in esse (gli articoli di fede) l'elemento proposizionale è solo incipiente e chiede di essere compreso in una prospettiva diretta verso il mistero. È difficile, ad esempio, specificare la verità letterale contenuta in asserzioni che dichiarano che il Figlio eterno è «luce da luce», che Gesù «discese agli inferi», e che «siede alla destra del Padre» (diverso è il caso delle dichiarazioni dogmatiche moderne ove il linguaggio è più tecnico). Sant'Agostino diceva: «Noi parliamo di tre Persone, ma più per non restare senza dir nulla che per esprimere quella realtà». E il Concilio Vaticano II ha un passaggio molto significativo: «Cresce infatti la comprensione, tanto delle cose quanto delle parole trasmesse, sia con la riflessione e lo studio dei credenti, i quali meditano in cuor loro, sia con l'esperienza data da una più profonda intelligenza delle cose spirituali, sia per la predicazione di coloro i quali con la successione episcopale hanno ricevuto un carisma sicuro di verità. La Chiesa cioè, nel corso dei secoli, tende incessantemente alla pienezza della verità divina, finché in essa vengano a compimento le parole di Dio». La Chiesa riconosce dunque di non essere giunta ancora alla piena comprensione dei misteri che vive e celebra.

La fede, nel suo aspetto più radicale è adesione a Cristo. E questo è tutto; è già la totalità della fede. La dottrina della Chiesa asserisce che la Rivelazione si è chiusa duemila anni fa, con l'ultima parola della Bibbia «vengo presto». Da allora ad oggi è trascorso un periodo di tempo più lungo di quello che va da Abramo a Gesù, nel quale si inscrive il Primo Testamento. La Rivelazione resta il dato irrinunciabile e definitivo. I credenti non possono andare oltre di essa, né debbono aspettarne un'altra. Dice il Concilio Vaticano I: «Lo Spirito Santo è stato promesso ai successori di Pietro non perché, con la Sua rivelazione, esponessero una nuova dottrina, bensì perché con la Sua assistenza, custodissero santamente ed esprimessero fedelmente la rivelazione trasmessa per mezzo degli apostoli, ossia il deposito della fede». Questo vuol dire che lo Spirito Santo, in rapporto alla rivelazione, assiste la Chiesa non nell'aumentare il dato rivelato ma solo nel vegliare che non venga tradito; semmai aiuta all'approfondimento. Il contenuto però è già tutto dato: Gesù di Nazareth. Con lui Dio ha detto tutto; non deve aggiungere nulla di nuovo. Quali siano le conseguenze ecumeniche di tale antica affermazione è ancora da approfondire, ma la direzione nella quale essa spinge mi pare assolutamente positiva. Per fare un solo esempio, non è detto che si è meno nella verità (o si è meno Chiesa) se ancora non si è «sviluppata» appieno la conoscenza dogmatica. Ho già ricordato, ad esempio, che san Tommaso d'Aquino sostiene che non sia necessario che tutti i credenti conoscano dettagliatamente gli aspetti contenutistici della fede; per le persone meno colte è sufficiente la conoscenza delle verità fondamentali, perché in esse sono contenuti tutti gli sviluppi ulteriori. Non si intende ovviamente attenuare l'importanza dell'aspetto veritativo, che anzi oggi riacquista una sua centralità anche sul versante pastorale, quanto piuttosto la necessità di una conoscenza particolarmente approfondita. È ovvio che non si vuole sostenere una accettazione parziale o peggio distorta delle verità di fede, come talora oggi accade quando taluni ammettono qualcosa e rifiutano il resto. La prospettiva è diversa: non è detto che fin dall'inizio sia necessario accettare tutta la pianta delle verità di fede nel suo attuale sviluppo, se colui che deve riceverla ha difficoltà perché la sua casa – la sua tradizione religiosa, oppure le sue capacità recettive – o è piccola o è costruita in modo da dover essere rielaborata. Conta che il cuore della rivelazione sia accolto nella sua integrità. In questo senso si può intendere quanto il Concilio dice a proposito di un «ordine o gerarchia nelle verità della dottrina cattolica, essendo diverso il loro nesso col fondamento della fede cristiana». Mi pare significativo un esempio riguardante il rapporto con l'Ortodossia, proposto dal cardinale Ratzinger nel 1976: «Roma non deve esigere dall'Oriente per quel che concerne la dottrina del primato più di quanto è stato formulato e vissuto nel primo millennio. Quando il patriarca Atenagora, il 25 luglio 1967, alla visita del papa nel Fanar lo chiamò successore di Pietro, il primo in onore tra di noi, il presidente della carità, sulle labbra di questo grande capo ecclesiastico si trova il contenuto essenziale dell'affermazione del primato del primo millennio, e Roma non deve pretendere di più. L'unione qui potrebbe compiersi su questa base: da una parte l'Oriente rinuncia a combattere come eretico lo sviluppo occidentale del secondo millennio, e accetta la chiesa cattolica come legittima e ortodossa nella forma che essa ha trovato in questo suo sviluppo, mentre viceversa l'Occidente riconosce come ortodossa e legittima la Chiesa d'Oriente nella forma che ha conservato».

Fede e dubbio

NON ESISTE, ovviamente, la fede in astratto (non parlo dei contenuti). Esistono i credenti, ognuno dei quali ha una sua storia, un suo cammino. La fede partecipa di tutto questo, al punto da poter parlare di una sua dinamica, di un inizio e di una crescita, come pure di un possibile indebolimento in rapporto alle diverse situazioni della vita, della conoscenza e delle condizioni esistenziali del credente. Il cardinale Martini, accennando a tale dinamismo, individuava nella Scrittura una serie di modalità della fede. C'è la fede diffidente, di chi non si affida; la fede questuante, di colui che si rivolge a Dio solo nell'inquietudine; la fede fragile o scarsa che deve essere irrobustita; quindi la fede agonica come quella di Giacobbe che lottò con Dio a Penuel, di Giobbe e dello stesso Gesù al Getsemani e sulla croce; la fede piena, quella che Gesù spesso riscontrava e lodava negli stranieri (potremmo dire nei non religiosi dell'epoca) che si avvicinavano a lui. Ma c'è anche la fede che dubita; anch'essa è fede, pur sembrando ciò una contraddizione. Ogni credente in verità la sperimenta. E non c'è da stupirsene. Parlare del dubbio significa dire qualcosa della stessa fede. Credente, si potrebbe dire, non è colui che crede una volta per tutte, ma chi, proprio come esprime il verbo al participio presente, rinnova il suo credo continuamente. Il credente ammette il dubbio, sperimenta il bilico e l'equilibrio con la negazione lungo il suo tempo. Non è uno scandalo il dubbio. Unamuno diceva persino che «una fede che non dubita è una fede morta», e il teologo Robinson scriveva: «L'atto di fede è un dialogo costante con il dubbio». Certo, ci sono giorni in cui un credente crede, poco o molto, perché questa è la posta in gioco nella più difficile delle vocazioni umane. Nei Vangeli, come abbiamo visto, fede e incredulità spesso coesistono. L'evangelista Marco fa dire al padre del bambino malato: «Signore, credo, aiuta la mia incredulità». La fede è sicurezza, stabilità, certezza; ed è certezza anzitutto dalla parte di Dio e del suo amore: Dio mai abbandonerà gli uomini. La fede è certezza per il credente: «Io sono sicuro sulla tua parola», e ancora: «Signore, da chi andremo? Tu solo hai parole di vita eterna». Ma questa certezza non è della stessa pasta di quella razionale. E qui torna il discorso sui diversi piani in cui si gioca l'atto di fede, di cui quello razionale è solo un aspetto. La certezza nel credere non concerne il piano della coerenza logica di un asserto, ma quello del completo affidarsi all'Altro. Parlare in questo caso di dubbio vuol dire che il credente nel piano dell'adesione a Dio scopre il dubbio, l'incertezza, la fragilità, il rischio. E credere significa perciò riconquistare quotidianamente la fiducia in Dio. Se poi spostiamo l'attenzione sull'aspetto veritativo della fede dobbiamo ricordare quanto dice l'apostolo Paolo: «Ora vediamo come in uno specchio, per enigmi, dopo però faccia a faccia». Una certa oscurità (e, in questo, l'eventuale dubbio) della fede è da considerare connaturale ad essa. La fede non è evidenza. Anzi la sua non evidenza sottolinea la nostra fragilità e la nostra pochezza, e in questo ci rende tutti, credenti e non credenti, compagni naturali di viaggio. Si può perciò parlare di una certa fratellanza tra il credente e il non credente: quella di una ricerca mai portata a termine. Ovviamente per il credente il dubbio si qualifica sul piano dell'interrogare, del porre in questione il contenuto veritativo della propria fede.

La fede, qualsiasi fede, non è una *res*, una cosa che resta immobile una volta acquisita. Essa è una realtà viva che non esiste in se stessa ma nel credente, il quale è chiamato a crescere nella fede e perciò nella comprensione di Dio. La stessa Rivelazione non avviene sul piano dell'evidenza. Il cardinale Ratzinger sottolinea il valore del dubbio: «Nessuno è in grado di fornire una prova matematica di Dio e del suo regno; nemmeno il credente è in grado di trovarne una, anche solo per suo uso e consumo. Però il non credente non potrà certo servirsi di questo per giustificarsi, egli non sfuggirà all'inquietante: "Forse è tutto vero!"... Il credente come il non credente, ognuno a suo modo, conosceranno il dubbio e la fede se non cercheranno di autoilludersi e di dissimulare la verità del loro essere. Nessuno può sfuggire totalmente alla fede; in uno la fede sarà presente contro il dubbio, mentre nell'altro grazie al dubbio e sotto forma di dubbio». Il cardinale continua sottolineando che una delle leggi fondamentali del destino umano è proprio questa dialettica tra fede e dubbio, tra tentazione e certezza. E aggiunge che il dubbio non solo impedisce all'uno e all'altro di rinchiudersi nella propria torre d'avorio, ma potrebbe diventare «luogo stesso di comunione». Il dubbio (o meglio, l'attitudine a interrogare) diviene perciò terreno di incontro tra credente e non credente. Nessuno dei due può ripiegarsi su se stesso; il credente condividerà il destino del non credente e quest'ultimo, grazie al dubbio, sentirà la sfida lanciata in modo inesorabile dalla fede. Avere in comune la ricerca della verità (essere «cacciatori» della verità, diceva Cusano) significa che nessuno ha diritto di rivendicarla a suo vantaggio totale ed esclusivo, e ancor meno, come diceva papa Giovanni XXIII, di usarla come un randello. È ben lontana di qui l'attitudine di quei credenti che presentano con orgoglio e tracotanza la loro fede; essi sono invece sollecitati a considerare con attenzione le domande, gli interrogativi, le obiezioni che il non credente, anche quello che vive dentro di loro, pone di tempo in tempo. L'esortazione che Pietro fa ai cristiani nella sua prima lettera: «Date ragione della vostra fede», va considerata seriamente in ogni stagione della vita.

La fede, la morte e l'aldilà

❖———————❖

«IN UNA SERATA d'estate me ne stavo disteso su un monte in faccia al sole, finché mi colse il sonno. Ed ecco che sognai di svegliarmi in un campo di morti... Tutte le ombre erano disposte intorno all'altare e a tutte, invece del cuore, tremava e pulsava il petto... Ed ecco che precipitò sull'altare una nobile figura atteggiata a un dolore senza fine. E tutti i morti gettarono un grido: "Cristo, Cristo, esiste un Dio?" "Non esiste" fu la risposta. L'ombra di ogni defunto fu scossa da un sussulto e a cagione di quel tremito l'uno si trovò disgiunto dall'altro. Cristo proseguì: "Andai per i monti, entrai nei soli e nelle vie lattee, percorsi i deserti del cielo, ma non esiste alcun Dio. Scesi nell'abisso, scrutai nella voragine e gridai: Padre, dove sei? Ma udii solo l'eterna procella che nessuno governa e lo sfavillante arcobaleno di esseri che stava lassù senza un sole che lo avesse creato... tutto era un grande vuoto". I fanciulli defunti che si erano destati nel cimitero si gettarono innanzi all'alta figura presso l'altare e gridarono: "Gesù, non abbiamo noi un padre?" E lui prorompendo in lacrime disse: "Noi siamo tutti orfani, io e voi. Non abbiamo alcun padre"... E tutto si fece angusto, tetro, angoscioso. Un battaglio enorme, grande, stava per battere l'ultima ora del tempo per frantumare l'universo, quando mi destai. La mia anima piangeva dalla gioia di poter adorare Dio.» È un sogno. Forse è il sogno del non credente che è in ogni uomo di fede. Chiunque crede deve anche lottare, una lotta contro la morte, contro ogni morte. E per questo egli è radicalmente vicino ad ogni uomo di questo mondo, credente o non credente che sia.

Mi trovo vicino a Levi e alla sua ferma decisione di coinvolgere tutti i credenti, in qualsiasi modo credano, perché si uniscano per scongiurare la guerra nucleare divenuta possibile per la prima volta nella storia. Non possiamo non sentire tutti la drammatica realtà di una possibile distruzione totale. Ma se continuiamo a ragionare – e la morte suscita domande che non si chiudono – ci troviamo di fronte al fatto incontestabile che tutti comunque finiremo, quando la morte ci coglierà. Certo, sarà dilazionata nel tempo, miliardi di altri esseri umani potranno ancora vivere, ma questo non modifica la richiesta di chiarimento. Levi affronta alcune domande sulla morte nell'ultimo capitolo del suo volume *La vecchiaia può attendere*; e concorda che il mistero della morte è il più ineludibile e inaccettabile degli eventi della vita; è un terribile incidente, un errore, per la nostra mentalità scientifica. E questa è forse una delle ragioni che hanno spinto la cultura contemporanea a nascondere la morte, ad allontanarla dalla coscienza e dalla vista. In verità già Pascal diceva che gli uomini, non avendo potuto guarire la morte, per essere più felici hanno ritenuto opportuno non pensarci più. Oggi, si è come costretti a non pensarci. E si muore male e soli.

Con saggezza, perciò, anche Levi richiama la necessità di non essere lasciati soli e il bisogno di umanizzare questo tragico traguardo avvolto nel mistero come lo sono l'amore e la fede. Ancora una volta siamo sulle soglie del mistero che diventa ancora più fitto se spingiamo la sguardo verso la fine della storia. In quel momento gli universi termineranno, così come un giorno sono iniziati con il big-bang. È la fine di tutto. Ma se è giusto combattere la morte causata dall'atomica (è una cattiva morte perché frutto del male), ed è nelle nostre possibilità farlo, mi chiedo perché dobbiamo accettare la morte «naturale», la mia morte e quella di tutto il genere umano, con un atteggiamento di completa rassegnazione? D'altra parte, cos'altro si può fare? La ragione sembra avere il sopravvento: con la morte tutto ha termine; al di là di essa, niente. La morte è veramente l'ultima parola sulla vita, e non c'è bisogno di andare a cercare altrove consolazione. Può essere anche accettata con serenità, senza cedere agli atteggiamenti eroici e prometeici di chi freddamente si sottomette al destino. Con semplicità si può accogliere la lezione della finitudine, di un tramonto senza più aurora. È difficile, tuttavia, che questa serenità (ammesso che sia possibile) riesca a togliere, non dico la durezza, ma l'irrazionalità della morte.

Lo scandalo della morte divide fortemente il credo laico dalla fede religiosa (il mistero della morte è strettamente legato a quello di Dio). La prima non accetta l'aldilà, mentre la seconda non accetta che la morte sia l'ultima e definitiva parola sulla vita, basandosi peraltro sull'anelito alla vita che sembra deposto nel profondo del cuore dell'uomo. Le domande che nascono sono tante: il bisogno di perpetuare, anche oltre la morte, i legami che abbiamo stretto sulla terra è solo una richiesta astratta da spezzare tragicamente sul nascere? E il desiderio di una patria stabile che raccolga tutti, anche chi è stato meno fortunato o peggio torturato e ucciso prematuramente, è solo una terribile illusione? Insomma, perché negare con la ragione ciò che proprio essa spinge a desiderare? Non è più ragionevole pensare che il cuore, in questo caso, intuisca più di quello che la ragione riesce a percepire? Così, il principe Andrej si esprimeva di fronte alla morte che sopraggiungeva: «Tutto esiste solamente perché amo... tutto è legato soltanto all'amore, l'amore è Dio, e morire significa che io, una particella d'amore, ritorno alla sorgente comune ed eterna». Non per questo però si sentiva consolato: «Erano soltanto pensieri, mancava qualcosa in essi, c'era un che di astratto; non era evidenza». Il mistero non si scioglie. Eppure una sua scintilla sembra deposta nel cuore degli uomini: è quel desiderio di eternità non indistinta, ma personale, che ognuno di noi coltiva. Bobbio non concorda: la morte è una fine senza appello: «Tutto quello che ha avuto un principio ha una fine. Perché non dovrebbe averla anche la mia vita? Perché la fine della mia vita dovrebbe avere, a differenza di tutti gli accadimenti, tanto di quelli naturali quanto di quelli storici, un nuovo principio? Solo ciò che non ha avuto un principio non ha una fine. Ma ciò che non ha un principio né una fine è l'eterno». Ma il fatto stesso di porsi la domanda, non incrina in radice la sua negazione?

Franz Rosenzweig apre *La stella della redenzione* con un capitolo sulla morte e lo chiude con uno sulla vita. «Dalla morte, dal timore della morte – esordisce – prende inizio e si eleva ogni conoscenza circa il Tutto. Rigettare la paura che attanaglia ciò che è terrestre, strappare alla morte il suo aculeo velenoso, togliere all'Ade il suo miasma pestilente, di questo si pretende capace la filosofia. Tutto quanto è mortale vive in questa paura della morte, ogni nuova nascita aggiunge nuovo motivo di paura perché accresce il numero di ciò che deve morire. Senza posta il grembo instancabile della terra partorisce il nuovo e ciascuno è indefettibilmente votato alla morte, ciascuno attende con timore il giorno del suo viaggio nelle tenebre. Ma la filosofia nega queste paure della terra. Essa strappa, oltre la fossa che si spalanca ad ogni passo. Permette che il corpo sia consegnato all'abisso, ma l'anima, libera, lo sfugge librandosi in volo.» E chiude: «Le parole stanno scritte sulla porta, sulla porta che dal misterioso – miracoloso splendore del santuario di Dio, dove nessun uomo può restare a vivere, conduce verso l'esterno. Ma su cosa si aprono i battenti di questa porta? Non lo sai? Sulla vita». Queste parole disegnano il movimento della storia, quella personale e quella del mondo. Le filosofie contemporanee, penso a Heidegger, ci dicono che vivere significa essere «gettati verso la morte»; è come se la vita fosse un addio continuo, lungo, interminabile, eppure brevissimo, come canta il salmo: «Cos'è la vita di un uomo...?» Eppure mi chiedo se la fede nell'uomo, anche la fede laica, non spinga ad andare oltre, a non fermarsi, a non arrendersi; se non sia più vicino alla fede nell'uomo, qualora non si abbia una risposta o almeno una speranza, evitare la resa e lasciare aperto il mistero. Insomma se può essere mistero la fede, perché rifiutarlo là dove essa stessa rischia di naufragare? E poi, quel senso di trascendenza (trascendere se stessi, il proprio limite e quello altrui) che viene accettato in altri campi perché qui viene troncato senza alcuna speranza? Il senso di trascendenza non cela (o svela), invece, quella realtà profonda, che il popolo d'Israele sentiva sostanza della propria fede, di essere sempre in una condizione di esodo?

Se non ci si arresta di fronte alla morte, resta saldo l'esodo, e inizia il senso della vita. Maritain, con una felice immagine sintetizza la vita di ciascuno: «siamo mendicanti del cielo». Ebbene, Gesù di Nazareth, un giorno lontano, non ha dato solo l'elemosina, ha donato l'insperabile, la sua stessa vita sottratta alla morte. Per lui fu un passaggio drammatico. Non come quello di Socrate che bevve tranquillamente la cicuta perché finalmente l'anima immortale, affrancata dalla prigionia del corpo, potesse correre libera e leggera. Non così fu per Gesù. Per lui la morte fu davvero drammatica. Lo ricordiamo quella sera, nel Getsemani, mentre sudava sangue per l'angoscia della morte e prostrato a terra chiedeva al Padre se era possibile allontanarla. Possiamo supporre – Pietro Citati ne fa un bel commento – che Gesù non sopportasse nel pensiero la passione decisa da Dio: quell'assumere su di sé la morte, dopo aver assunto la carne e il peccato. O possiamo immaginare che egli non tollerasse di venir allontanato da Dio, abbandonato, lasciato solo, sulla croce, ed esposto alla nuda potenza del male. In quelle parole disperate Gesù mise in dubbio per un momento che la sua passione fosse l'unica strada per redimere gli uomini: forse c'era un'altra strada, che egli non vedeva, e che Dio vedeva, la quale non esigeva la croce. La sua era una domanda: essa attendeva una risposta; nel più devoto dei Vangeli, quello di Luca, a Gesù apparve «un angelo dal cielo che lo rincuorava» – un cenno di conforto da parte di Dio. Ma Matteo e Marco sembrano più spietati di Luca, e non alleviano in nessun modo l'abisso che, per un momento, si stabilisce tra Dio e suo Figlio. Nessuna parola divina, nessun angelo, nessun conforto scesero dall'alto: il cielo era muto; o se Dio disse qualcosa, solo Gesù la comprese. Noi lo ignoriamo, e conosciamo soltanto il silenzio tremendo di Dio. Poi, per la seconda volta, mentre è nell'orto degli ulivi, Gesù si allontana dai discepoli e prega; questa seconda preghiera non è più una domanda come la prima, ma una replica; una replica di Gesù a una risposta ignota di Dio. «Padre mio, se non è possibile che questo calice passi da me, senza che io lo beva, sia fatta la tua volontà.» Ora tutte le riserve e i dubbi e i timori sono caduti: Gesù ha accettato il calice dell'ira divina: la crocifissione, la lacerazione, la risurrezione.

L'affermazione della risurrezione sta al centro della fede cristiana fin dall'inizio, in accordo, peraltro, con il peso che tutta la tradizione biblica attribuisce alla «carne» e alla dimensione corporea dell'uomo e della donna. Attorno al mistero della risurrezione si consumò lo scontro decisivo di Paolo con i rappresentanti della cultura del tempo, nell'areopago di Atene. I colti ateniesi lo ascoltarono con interesse mentre parlava della dimensione religiosa della vita e iniziava a presentare il profeta di Nazareth come il Cristo. Ma non appena il discorso venne sulla risurrezione, essi subito lo interruppero: «Su questo ti sentiremo un'altra volta». Erano uomini che ammettevano l'immortalità dell'anima tuttavia non accettarono neppure l'ipotesi della risurrezione, mostrando in questo campo un notevole contrasto. Per Paolo la morte non è la liberatrice che porta al vertice dello sviluppo umano (come per Socrate), ma il «nemico supremo», per distruggere il quale Gesù di Nazareth è morto. E Paolo ha continuato a difendere la risurrezione e ad annunciarla a tutti. Egli, in certo modo, continuò a credere e a sperare anche per loro. Cristo risorto (con il suo corpo) è il futuro di tutti, è l'Aldilà. Il nostro futuro, perciò, non è semplicemente il luogo della ricompensa e neppure l'esca per un buon comportamento su questa terra (anche se non si può negare che talora si è insistito troppo sul timore dell'inferno, a scapito della motivazione ben più alta dell'amore). L'Aldilà è la comunione con Cristo e tra gli uomini. Queste affermazioni sono da comprendere all'interno di un linguaggio che va oltre le categorie del tempo e dello spazio, le quali sono assolutamente inadeguate per descrivere ciò che viene chiamato «eterno» come, appunto, l'unione con il Cristo. La lettura dei testi biblici richiede una «sapienza» che fa vedere ben oltre il linguaggio simbolico che gli autori necessariamente debbono usare. Certo è che qui tocchiamo uno dei «misteri» centrali del cristianesimo. Sarebbe banale ridurre l'Aldilà ad una ricompensa per il buon comportamento. È ben di più: è il dono della comunione con Dio. Un dono che risponde a quel sogno nascosto nel cuore di ogni uomo: che la vita non termini, sia anzi salvata, nella sua storia, nei volti che ha incontrato, amato, servito (ecco il senso della risurrezione della carne). Questo struggente desiderio Dio ha iniziato a realizzarlo in Cristo. Nel Primo Testamento, sebbene non sia maturata con pienezza l'idea della risurrezione della carne, vi erano le premesse perché essa potesse essere compresa. La coscienza degli israeliti è permeata dalla consapevolezza che Dio può «render vivi i morti» (Samuele) e «far entrare e uscire dallo sheol» (Sapienza). Si riconosce, cioè, il potere assoluto esercitato da Jhwh sulla vita e sulla morte. E l'affermazione di Isaia: «egli (Jhwh) distrugge la morte per sempre», fa pensare all'attesa di una risurrezione escatologica. Tuttavia è in Gesù di Nazareth che questa attesa d'Israele, e dell'intera umanità, viene realizzata.

Entrare nella vita eterna non vuol dire entrare in una vita futura che ha inizio dal momento della morte. La «vita eterna» inizia già su questa terra. La separazione tra terra e cielo, tra aldiquà e aldilà non è così netta, come in genere si pensa. La fede, intesa come adesione a Cristo, supera tale divisione. Essa si pone già oltre la morte. Nel Vangelo di Giovanni più volte Gesù ripete: «Chi crede nel figlio ha la vita eterna», e ancora: «Questa è la vita eterna, che conoscano te». Tra i due mondi c'è, assieme, continuità e cesura. C'è una perennità dell'amore che neppure la morte distrugge. Ma c'è anche una cesura profonda, dolorosa, terribile, che il linguaggio apocalittico descrive come un grande sconvolgimento che riguarda uomini e donne, cielo e terra, stelle e luna e sole, l'universo intero. Da tale sconvolgimento nasceranno «nuovi cieli e nuova terra» come scrive l'Apocalisse di Giovanni. Ma già nella fede e nell'amore si attua uno sconvolgimento, analogo al turbamento e al cambiamento che si verifica in chi s'innamora. L'amore ha sempre un tratto apocalittico. Oscar Cullmann, noto teologo protestante, significativamente oppone la risurrezione della carne, tipica categoria neotestamentaria, all'immortalità dell'anima, concetto ripreso dalla filosofia aristotelica. A suo parere ha poco senso la risurrezione dei corpi se l'anima di per sé è immortale e per sua natura capace di una beatitudine più alta delle umili gioie del corpo. La risurrezione della carne vuol significare che saremo trasformati interamente, anche nel corpo, direi nell'intera nostra storia. Nulla della nostra vita andrà perduto tranne il bagaglio negativo e peccaminoso che abbiamo incollato nella nostra carne, e «brucerà» molto perderlo. I credenti, perciò, sin da questa terra sono fondamentalmente uomini dell'aldilà; la loro «patria è nel cielo, da dove aspettiamo anche come salvatore il Signore Gesù». La fede li rende «pellegrini e stranieri» durante la vita terrena, sì che essi non possono immergersi nella quotidianità senza distacco alcuno. Passa infatti la «figura di questo mondo», come dice Paolo. E illuminanti sono le parole della Lettera a Diogneto: «I cristiani né per regione, né per voce, né per costumi sono da distinguere dagli altri uomini... Vivono nella loro patria, ma come forestieri; partecipano a tutto come cittadini e da tutto sono distaccati come stranieri. Ogni patria straniera è patria per loro, e ogni patria è straniera».

Perdono e tolleranza

RICORDO un vivace scambio di opinioni con Levi, quando mi disse che la fede laica era più tollerante della fede religiosa perché priva di dogmi e quindi più aperta verso le opinioni altrui. È opinione piuttosto diffusa, in effetti, che la fede, per sua natura, sia intollerante e quindi facilmente violenta. A mio avviso le cose stanno diversamente. Anche la fede laica o, se si vuole, la ragione, hanno i loro dogmi e le loro intolleranze. E la storia ne è testimone. La fede, peraltro, se è vera, ossia se poggia unicamente su Dio e non sulle proprie convinzioni, risulta essere ben più tollerante di colui che confida, ed è costretto a farlo perché non ha altro sostegno, solo su se stesso e sulle proprie logiche. Ho visto con piacere che nel testo *Le due fedi*, ci sono due capitoli: «Le tentazioni della fede religiosa» e «Le tentazioni della fede laica». L'intolleranza non nasce dalla fede, ma da una cattiva comprensione di essa. Così pure una cattiva comprensione della ragione è fonte di intolleranze, violenze e estremismi. Le tentazioni non mancano né nell'una né nell'altra parte; quando si tradiscono le proprie radici profonde si può facilmente cadere nella tentazione dell'intolleranza. Fede e ragione, ambedue emanano da Dio, l'unico vero tollerante.

Se tolleranza c'è, questa nasce da Dio. Il Vangelo ne è testimonianza chiara; e i credenti sono invitati a farla propria fino in fondo. Anzi più ancora della tolleranza, che sempre suppone una distanza, si chiede l'amore: «Amate i vostri nemici, fate del bene e prestate senza sperarne nulla e il vostro premio sarà grande e sarete figli dell'Altissimo; perché egli è benevolo verso gli ingrati e i malvagi». Fa riflettere una riflessione di Amaldi a proposito della forza scardinatrice di questa affermazione evangelica, la quale «appare come un insanabile conflitto con la spinta naturale verso l'evoluzione della specie, che la scienza ha scoperto e studiato. Mi spiego. Anche nella versione moderna del darwinismo, il motore principale dell'azione degli esemplari di tutte le specie viventi è la protezione e la trasmissione del patrimonio genetico proprio e dei propri simili, famiglia prima e gruppo o tribù dopo. "Nemico" è allora colui che attenta a tale patrimonio. Io vedo nell'etica cristiana dell'amore per il nemico una *scelta antidarwiniana*, completamente opposta a quella che ha permesso alla specie di svilupparsi e all'intelletto dell'uomo di manifestarsi. Una scelta così nuova, rispetto allo svolgersi dei fenomeni naturali è una freccia che punta verso qualcosa di completamente altro».

È sotto gli occhi di tutti il fatto che i credenti non poche volte hanno dimenticato di applicare nella vita concreta la parola evangelica. E qui si potrebbe aprire il capitolo sul perdono che Giovanni Paolo II ha coraggiosamente iniziato e perseguito, spesso da solo. Non si deve tuttavia cedere a una prospettiva astorica che renderebbe superficiale e aleatorio ogni giudizio, anche perché è facile chiedere perdono per i peccati degli altri, fossero anche quelli della propria istituzione. Eppure ha senso chiedere perdono, soprattutto se ci sono ferite che hanno traversato i secoli e che difficilmente si rimarginano se non sono curate con la medicina del perdono. Il perdono non è solo fare memoria, ossia conservare nella coscienza quel che è accaduto. È ben di più; richiede un giudizio sui fatti e un cambiamento di prospettiva, una decisione di valore su quanto è accaduto, e quindi un impegno preciso perché più non accada. In tal senso è necessario andare oltre la memoria, e incamminarsi verso una sua purificazione, facendosi carico di quello che è accaduto nel passato. Non c'è dubbio che dell'intolleranza dei cristiani, ovviamente non solo della loro, è piena la storia. Tuttavia, se per i cristiani un esame di coscienza è doveroso, lo si deve porre sul piano del rapporto tra Vangelo e quella determinata vicenda storica, per vederne la consonanza. E spesso, purtroppo, si deve constatare la distanza rispetto al Vangelo. Ma questo anche se pesa sulla coscienza dei credenti di oggi non scandalizza più di tanto. Nel senso che il credente conosce la sua debolezza e il suo peccato. Ed è il necesssario ricorso a Dio a offrire l'energia per rialzarsi e riprendere il cammino alla luce del Vangelo. Penso sia da riconoscere, inoltre, anche una progressione nella comprensione del Vangelo da parte della coscienza dei cristiani. Se si può parlare di «sviluppo del dogma», nel senso di una progressione nella conoscenza del dato rivelato, si può dire altrettanto della comprensione del Vangelo. Non dimentico, a tale proposito, le parole di Alexander Men, un sacerdote russo ucciso in maniera misteriosa nel settembre del 1990, in piena perestrojka, nelle vicinanze di Mosca. Scriveva: «Soltanto chi è corto di vista può immaginare che il cristianesimo c'è già stato, che esso si è attuato nel XIII o nel IV secolo o in qualche altro periodo. Esso ha fatto soltanto i primi e, direi, timidi passi nella storia del genere umano. Molte parole di Cristo sono per noi inattingibili perché noi siamo ancora dei neanderthaliani dello spirito e della morale, perché la freccia evangelica è puntata sull'eternità, perché la storia del cristianesimo incomincia appena e ciò che c'è stato sino a ora, ciò che adesso si chiama storia del cristianesimo è fatto di tentativi, per metà inabili e infelici, di realizzarlo».

Emblematico è il rimprovero di Gesù a Giacomo e Giovanni quando essi insistevano nell'invocare il fuoco sul villaggio che non aveva voluto accoglierli. Ed il Signore, che «fa sorgere il sole sui giusti e sugli ingiusti», è certo molto più tollerante di non pochi Governi di questo mondo. Ha ragione perciò Levi nel ricordare che è stata la parola di Dio per prima ad insegnare agli uomini ad amare il prossimo e lo straniero. In questo contesto come entra il pensiero laico? Alcuni laici – Ernesto Galli Della Loggia ebbe il coraggio di iniziare il dibattito – si sono chiesti perché solo il Papa chiede perdono per le colpe della Chiesa. E gli altri? Il dibattito si è subito acceso e le riflessioni sono state di non poco interesse. Ovviamente, non sono mancati gli imbarazzi. Comprendo che per i laici c'è un ostacolo difficilmente sormontabile, ch'è l'essere privi di una comunità da incolpare o da assolvere, e di un Dio a cui rivolgersi per chiedere perdono. Tuttavia ben vengano le revisioni storiche, quand'esse sono sagge; e se non sono possibili veri e propri *mea culpa*, è certamente utile una comprensione della storia in base a quei valori etici che appaiono più chiari e universali.

La religione e il cristianesimo

L'ULTIMA domanda che Levi raccoglie e con rispetto rilancia sia al Papa che al rabbino Toaff (i quali, a suo dire, un po' si confondono e un po' si contraddicono), riguarda una delle differenze più chiare che dividono la fede laica da quella religiosa: se vi è un solo Dio come mai tante fedi? C'è una verità o più verità? Certamente questo è tra i problemi oggi più acuti anche all'interno della Chiesa cattolica; si lega all'ecumenismo, al dialogo tra le religioni, alla questione dei vari fondamentalismi e al problema della tolleranza, cui abbiamo appena accennato. C'è da fare una riflessione preliminare circa l'antico e discusso asserto *Extra ecclesia nulla salus*. È ormai totalmente superata la sua interpretazione restrittiva. All'origine tale affermazione non riguardava il rapporto tra l'intera umanità e la Chiesa; si riferiva unicamente ai membri della comunità cristiana al fine di esortarli alla fedeltà. Lungo la storia, tuttavia, sono subentrate interpretazioni restrittive, l'ultima delle quali è quella del gesuita americano Leonard Feeney. Il Sant'Uffizio, nel 1949, inviò una lettera all'arcivescovo di Boston, il vescovo da cui dipendeva il gesuita, per respingere l'interpretazione esclusivista. Successivamente Pio XII, con un nuovo intervento, distinse tra la necessità dell'appartenenza alla Chiesa per la salvezza e la necessità dei mezzi indispensabili per raggiungerla. Riguardo a tali mezzi il pontefice ribadisce che la Chiesa è un aiuto generale, ma nel caso di ignoranza invincibile è sufficiente il desiderio implicito di appartenenza per raggiungere la salvezza. Il Concilio Vaticano II riprende la frase *Extra ecclesia nulla salus*, ma rinuncia a parlare di «desiderio implicito», applicandolo solamente a coloro che già si sono avvicinati esplicitamente alla Chiesa, come ad esempio i catecumeni. Circa i non cristiani i vescovi affermano che essi rientrano nella chiamata universale alla salvezza, di cui la Chiesa è sacramento. È ormai opinione comune che gli uomini possano salvarsi anche non appartenendo alla Chiesa.

A questo punto il problema si sposta sulla necessità o meno della Chiesa cattolica per la salvezza degli uomini. In altri termini, se tutti gli uomini possono salvarsi restando legati alle loro tradizioni religiose, di cui si riconosce il valore salvifico, che bisogno c'è della Chiesa e del suo sforzo missionario? Il dibattito all'interno della Chiesa cattolica si è fatto molto vivace e non di rado le posizioni si polarizzano, per cui c'è chi identifica la missione della Chiesa nel dialogo con le altre religioni e chi, invece, ritiene che debba esercitare pressione per convertire al cristianesimo. È necessario, a mio avviso, mantenere la barra al centro, se così posso dire, per evitare la tentazione di sopprimere uno dei due termini della questione, ossia dialogo e missione. Fortunatamente la prassi è arrivata prima della teoria quando Giovanni Paolo II, di fronte alla debolezza della politica della pace, con una felicissima intuizione invitò i capi religiosi ad Assisi, nell'ottobre del 1986, per un momento straordinario di preghiera. Il bisogno di pace e l'intuizione di fede hanno preceduto (anzi abbondantemente sorpassato) la riflessione teologica e hanno permesso la realizzazione di un incontro di forte emozione religiosa, offrendo anche una indicazione di metodo. In quella giornata di Assisi, da nessuno dei partecipanti è stato posto in prima evidenza il tema della verità (che ovviamente non è stata né negata né attutita), bensì la condizione di debolezza di tutti di fronte al dramma della guerra e la convinzione che l'unico aiuto potesse venire dall'Alto. Essere insieme, uniti dalla comune debolezza, è stata la chiave di volta dell'incontro di Assisi. Non si è trattato di mettere sullo stesso piano le verità dei diversi partecipanti; sullo stesso piano sono state poste la debolezza e il bisogno di salvezza, questi sì comuni a tutti. Ebbene, tali incontri non solo sono possibili; direi di più, sono auspicabili e forse necessari. Ancora una volta torna la convinzione, precedentemente accennata, che il confronto (ovviamente in via generale) non avviene tra sistemi teorici e orizzonti culturali, ma tra gli uomini che li sostengono, i quali peraltro sono portatori altresì di istanze e problemi che vanno oltre i loro stessi sistemi di riferimento.

Andrebbe analizzato in tutte le sue componenti il senso che il termine «verità» acquista all'interno dell'universo religioso; non necessariamente infatti coincide piattamente con quanto si intende in ambito filosofico. E, comunque, che il credente viva la propria fede come vera, quindi come assoluta, non implica che le altre fedi siano immediatamente e totalmente false in quanto tali e che perciò debbano essere combattute. Il vero, nell'ambito religioso, comporta l'adesione e l'attuazione e non solo la conformità tra la *res* e l'*intellectum* in senso aristotelico. È ben evidente nel contesto della cultura ebraica, all'interno della quale sono stati scritti sia il Primo che il Nuovo Testamento, quanto il termine verità implichi l'attuazione di una realtà; vero significa *render vero*. Senza entrare in questo dibattito che ci porterebbe molto oltre, vorrei sottolineare che la verità diviene essa stessa dialogica. Intendo dire che il cristianesimo stesso (ma è così di ogni altra religione) diviene sempre più un pensiero interreligioso, proprio perché la delimitazione dell'identità suppone il riconoscimento dei confini delle altre religioni. L'identità – se vuole salvare se stessa – non è più possibile senza l'incontro e il dialogo con le altre identità. In tal senso diventa dialogica. E affermare che l'identità è dialogica, vuol dire che del suo stesso contenuto fanno parte la cordialità nei rapporti e l'impossibilità di concepire l'altro come un nemico da combattere. Insomma, la fede impegna «con» e non «contro» le altre tradizioni religiose. Ed è ovvio che tale condizione comporta che le religioni possano anche apprendere le une dalle altre. Abbiamo accennato, seppure brevemente, a quanto il primo ebraismo abbia mutuato dalle religioni circostanti, iniziando dallo stesso nome del dio 'El. Non sono pochi gli esempi biblici che mostrano positivamente figure religiose al di fuori di Israele. Ho ricordato Melchisedec, ma non è l'unico caso; c'è il veggente di Balaam. E in Amos si legge: «Non siete voi per me come gli Etiopi, Israeliti?... Non ho io fatto uscire Israele dal paese d'Egitto, i Filistei da Caftor e gli Aramei da Kir?» L'azione salvifica di Jhwh nei confronti di Israele ha i suoi paralleli nella storia di altri popoli: il profeta ricorda i Filistei e gli Aramei, due popoli in perenne conflitto con Israele. Anche da essi si può apprendere l'azione di Dio. E per venire ai giorni nostri, ricordo con quanta sensibilità Giovanni Paolo II, durante un suo viaggio in India, parlava di Gandhi e diceva che i cristiani avevano da apprendere da lui, che pure cristiano non era.

È chiaramente esclusa da questo orizzonte la realizzazione di una sorta di democrazia delle religioni, o di una intesa al ribasso tra di esse, proprio per quel concetto di verità cui accennavo, che richiede conversione, scelta, cambiamento di vita, rinascita. È ovvio, comunque, che la domanda sul contenuto veritativo della fede non può essere trascurata. E deve trovare i modi e i tempi per esprimersi. Forse si potrebbe dire che il dialogo e l'annuncio sono due aspetti distinti dell'unica missione della Chiesa. Dialogare non significa perdere o attutire la propria identità; ma neppure rinunciare alla condizione, a tutti comune, di essere sempre cercatori della salvezza propria e altrui. Per questo la preghiera resta il luogo primo di quella parità che il dialogo richiede. Nella preghiera, infatti, tutti riconoscono il primato all'Altro e non a se stessi. E forse è proprio qui il segreto della forza di questi incontri iniziati ad Assisi. Essi si distinguono dalla pur singolarissima iniziativa di Chicago del 1893, che vedeva i rappresentanti delle religioni raccolti in una sorta di parlamento mondiale delle religioni. Era appunto un parlamento e non un incontro di uomini di fede raccolti in preghiera. Non che non si possa auspicare un dibattito tra gli esperti delle varie religioni, ma questo può seguire dopo l'incontro basato sulla comune condizione di debolezza che spinge a guardare in Alto.

La Comunità di Sant'Egidio ha ripreso gli incontri di Assisi e li ha integrati con riflessioni e dibattiti a vari livelli e su diverse tematiche, spingendo verso una prospettiva più ampia e complessa i responsabili delle diverse religioni. Quel che è accaduto sin dai primi incontri è che ciascuno è stato come costretto ad andare più a fondo della propria fede. Nessuno perciò ha dovuto mettere tra parentesi le proprie convinzioni religiose e tanto meno diluirle in vista di un cocktail generale; al contrario ne ha precisato i confini e ne ha approfondito i contenuti. Nello stesso tempo però ci si è trovati tutti più vicini e tolleranti, costruendo altresì una rete di amicizia e di solidarietà che ha superato la dimensione stessa della tolleranza per incamminarsi verso una cooperazione in vista di una più ampia unità tra i vari popoli. E l'orizzonte va allargato anche ai non credenti. Levi, che ha potuto partecipare ad alcuni di questi incontri, ritiene necessario «ristabilire un più chiaro terreno d'incontro e di collaborazione tra religione e filosofia umanista, e non soltanto tra religione e religione: giacché le religioni hanno ancora molto da assimilare del

messaggio umanistico, laico e universalista». La verità di
tali incontri – è bene sottolinearlo ancora – non consiste
nell'indebolimento delle proprie identità, e neppure nella
ricerca di una sorta di religione universale. L'integrità della propria fede va decisamente salvaguardata, perché rappresenta una dimensione assolutamente irrinunciabile che
sostanzia lo stesso dialogo. Come pure, d'altro verso, è irrinunciabile l'incontro, il dialogo, la tolleranza e, se si
vuole, ogni sforzo di simpatia e cordialità.

C'è al fondo di questi incontri un anelito all'unità, che
mi pare opportuno sottolineare. Ed è quel futuro ove tutta
la famiglia umana possa incontrarsi nella sua variegata ricchezza. Quale debba essere tale unità non è dato saperlo,
ed è davvero difficile immaginarla; forse è da pensare a un
concetto plurimo, non univoco. Mi verrebbe da dire: è il
contrario di Babele; un sogno antico che venne infranto per
l'orgoglio e l'egoismo degli uomini che volevano fare a meno di Dio e del suo amore. C'è una bella immagine di Ibn
'Arabi, un sufi, il quale diceva che l'acqua prende il colore del recipiente: l'acqua pura della divinità non ha in sé
nessun colore determinato, essa assume il colore della tradizione nella quale è contenuta. Questa immagine, nella
sua necessaria inadeguatezza, contiene però quella saggezza che sa trovare in ogni tradizione religiosa il riflesso di
Dio, come anche la convinzione che è impossibile, senza
tali recipienti (è la necessaria identità), conservare e usu-
fruire di quest'acqua. Chiude l'immagine con le parole del
Corano: «Né i Miei cieli, né la Mia terra possono conte-
nerMi, ma il cuore del Mio servitore fedele Mi contiene».
Sembra di sentire l'eco delle parole di Gesù alla samaritana: «Credimi, donna, è giunto il momento in cui né su
questo monte, né in Gerusalemme adorerete il Padre. Voi
adorate quel che non conoscete, noi adoriamo quel che conosciamo, perché la salvezza viene dai Giudei. Ma è giunto il momento, ed è questo, in cui i veri adoratori adore-

ranno il Padre in spirito e verità; perché il Padre cerca tali adoratori. Dio è spirito, e quelli che lo adorano devono adorarlo in spirito e verità». È un passaggio che aiuta a comprendere il rapporto tra le diverse fedi, in questo caso quella ebraica e quella samaritana. Gesù non copre la differenza («voi adorate quel che non conoscete, noi quello che conosciamo»), né attutisce la verità o l'identità («la salvezza viene dai Giudei»). Tuttavia, prospetta una nuova umanità; potremmo dire che Gesù sposta il discorso e chiede a tutti di essere più spirituali che religiosi.

Lo splendido testo di Nicola Cusano, *Il dialogo dei tre saggi*, ci immerge in un filone della riflessione cattolica che come un filo rosso ha traversato i secoli; a volte è stato in penombra, altre volte è riemerso con coraggio, mai comunque è stato spezzato; oggi riappare con forza, sollecitato dalla storia e dallo stesso *sensus fidelium*. Lo si deve considerare senza dubbio tra i segni dei tempi, e perciò un'occasione per approfondire l'identità della stessa Chiesa cattolica all'interno della condizione attuale. Nota Andrea Riccardi: «Il mondo non è divenuto interamente cristiano, anche se i missionari sono arrivati sino agli estremi confini della terra moltiplicando la loro azione; restano ancora molte aree vistosamente refrattarie all'espansione cristiana, eccetto qualche zona in cui si può prevedere una nuova espansione della Chiesa. Alcune religioni come l'Islam e l'ebraismo da secoli resistono alla predicazione cristiana. È una realtà da cui la Chiesa ha tratto una lezione: la permanenza di queste religioni dovrà avere un senso per il cristianesimo».

I molteplici incontri tra uomini e donne di religioni diverse realizzati in questi anni, segnano un itinerario per il prossimo millennio. Non mancano le difficoltà; ne sono sorte gravissime tra i cristiani proprio in questo ultimo scorcio di tempo quando l'ottimismo ecumenico sembrava inarrestabile. Eppure c'è una convinzione di fondo: le mura che separano le religioni l'una dall'altra non arrivano sino al cielo. E il cielo fin da ora sta sopra i muri: il suo nome è Amore, un cielo che va oltre la fede (le fedi) e apre uno spiraglio sulla decisività della via mistica, che sin da ora accomuna in modo singolarissimo alcune espressioni delle religioni, specie quelle monoteiste. Questo segno dei tempi che è l'incontro tra le religioni, non è un dato comunque acquisito. Esso va coltivato con tenacia e perseveranza, perché porti frutto. Si tratta, infatti, di liberare le non poche energie presenti nelle diverse tradizioni religiose per evitare il rischio che restino asfittiche nel chiuso delle singole credenze. Tali incontri non sono un disagio da subire, vista anche la multireligiosità delle società contemporanee; essi sono, al contrario, una opportunità che può arricchire i credenti di ogni religione. Il dialogo, inteso in questo modo, ha una energia incredibile e può operare una vera e propria rivoluzione. Oggi, come ho già accennato, si ipotizzano conflitti culturali ben più preoccupanti di quelli politici ed economici, i quali troverebbero nelle religioni uno dei punti focali più esplosivi. L'ampia e immediata recezione della tesi di Huntington sul conflitto tra le civiltà è solo un segnale di una sensibilità dai nervi scoperti. Non a caso già nella relazione introduttiva, nel primo parlamento delle religioni a Chicago, si asseriva che solo quando ci fosse stata la pace tra le religioni si sarebbe potuto iniziare a parlare di pace tra i popoli.

La rivoluzione del dialogo è possibile. È forse poco visibile, ma decisiva e non violenta. Tra il fondamentalismo che crede in un'unica verità posseduta in modo pieno, e il relativismo che nega l'idea di una sola verità, c'è una posizione intermedia: la verità è certamente una, ma non si possiede interamente. E tutti siamo diretti verso di essa. Identità e cordialità sono i binari che permetteranno agli incontri tra le religioni di camminare verso il futuro. E davanti, ancora una volta, c'è un sogno, quello descritto da Cusano. Era il 1453; Mehmet II conquista Costantinopoli e la chiama Istanbul, facendone una capitale musulmana. L'Occidente prepara una crociata per la riconquista. Cusano, interpellato per una sua partecipazione, risponde con un trattato, il *De pace fidei*, volendo «placare la follia dell'ira e aiutare la verità a manifestarsi». Pone in primo piano il conflitto tra i turchi musulmani e gli occidentali cristiani. Un uomo prega «senza sosta il Creatore di tutto ciò che esiste di por fine, nella sua misericordia, alla persecuzione che imperversa a causa della diversità dei riti religiosi». Ha quindi una visione: un concilio celeste con varie sedute ove si alternano i rappresentanti delle varie religioni (ebrei, cristiani e musulmani) che dibattono sui vari temi proposti. La prima assemblea è presieduta dal Verbo e si discute della Saggezza; la seconda è guidata da Pietro e il dibattito è sul Verbo e la terza che affronta la varietà dei riti è guidata da Paolo il quale al termine dice: «Si lascino ai popoli le loro devozioni e i loro cerimoniali... Forse, lasciando una certa diversità, crescerà anche la devozione». Al termine delle discussioni tra i «sapienti delle nazioni... si scoprì che tutte le divergenze riguardavano i riti piuttosto che il culto dell'unico Dio e dal loro confronto risultava altresì che l'unico Dio era stato presupposto da sempre e venerato in tutte le forme religiose, benché il popolo semplice spesso non se ne accorgesse, ostacolato dall'avverso potere del principe delle tenebre». La conclusione del trattato è un invito a passare dalla visione utopica al progetto concreto per giungere ad una «concordia ragionevole tra le religioni». I sapienti, che avevano tenuto davanti al trono di Dio questo concilio celeste, sono invitati a tornare al loro paese e a chiedere ai responsabili delle rispettive religioni «di recarsi, con pieni poteri, a Gerusalemme, centro universale, per accogliere a nome di tutti i popoli l'unica fede e fondare su di essa una pace perpetua».

La via dell'amore

SIAMO ALLE ultime pagine di questa *Lettera*, ma l'incontro ultimo del faccia a faccia dei due di Emmaus con lo straniero, deve ancora avvenire. Solo in quel momento – scrive l'evangelista – ai due «si aprirono gli occhi e lo riconobbero». Noi siamo ancora nel mezzo del cammino, e non so quanto, in questo tratto di strada, il dialogo sia andato avanti e la comprensione reciproca abbia progredito. Certo è – lo dico almeno per me – man mano che percorrevo la strada le questioni si allargavano, si arricchivano, si complicavano e comunque mi appassionavano. Non è stato un cammino piano; e sono evidenti mie deviazioni e battute di arresto, forzature e mancati approfondimenti. Il confronto e il dialogo tra le due fedi (o più fedi), appena lambito, resta forse largamente incompiuto, ma sempre più appare un compito urgente. Lungo il cammino si è prepotentemente inserito un terzo interlocutore: il mistero. In quasi tutte le svolte del ragionamento è divenuto parte continua ed essenziale del colloquio. Potremmo paragonarlo a una soglia nella quale ci siamo imbattuti sempre; l'abbiamo percorsa e ripercorsa, senza tuttavia mai superarla; è stata come la linea ultima, obbligata, del sapere, di ogni sapere. Il mistero, sempre lambito, mai superato, non è stato però mai muto. Non è stato muto per il credente, convinto che il mistero ha varcato lui la soglia verso di noi. Ed è vero che per chi crede, il mistero è di casa. Ma nel senso che è stato il mistero a sedurre o, se si vuole, è stato lui a venire ad abitare a casa nostra. Non il contrario. Credo anche che il mistero non sia stato muto neppure per la ragione (e la fede) laica. Non hanno dovuto anch'esse ammettere complessità inestricabili, appunto, piene di mistero? Ragione debole o ragione forte, ragione filosofica o ragione scientifica, di volta in volta, non hanno dovuto cedere il passo al senso del mistero? E si è compreso forse che il mistero non è solo un nome dato a quel sapere che non troviamo il coraggio di sopportare (come suggerisce Flores D'Arcais). Esso avvolge il mondo, la vita e la storia a tal punto da lasciare senza parola (la radice greca di «mistero» significa, appunto, chiudere la bocca). In antico si era soliti descrivere l'incontro tra l'uomo e il mistero con l'immagine di colui che, trovandosi di notte in una stanza buia, quando apre la finestra e si affaccia, viene colpito da un lampo improvviso che lo fa arretrare, momentaneamente accecato. Nell'odierna cultura filosofica, la presunta debolezza degli occhi della mente appare come una malattia così radicale da non permettere di cogliere la luce della verità. Certa è la difficoltà per il pensiero contemporaneo di elaborare una sintesi unitaria del sapere, tanto che da molti viene ritenuta definitivamente trascorsa l'ora dei grandi racconti, quelli che danno una luce globale sul reale. Tutto appare destinato alla frammentarietà e alla pluralità: la verità, l'umanità, i valori, l'etica. Nulla vi è di universalmente valido, nulla si sostiene con saldezza. La casa sembra poggiare più sulla sabbia che sulla roccia. Una situazione davvero problematica, che peraltro dovrebbe spingere a non rassegnarsi alla frammentarietà e tantomeno ad abbandonare la ricerca di una verità salda. Tuttavia, anche nel mezzo della debolezza e nella impossibilità (presunta o meno, non importa) di realizzare un sistema organico in cui tutto è compreso e nulla vi è di eccedente, è possibile individuare uno spazio per la trascendenza.

Quando la ragione riconosce la presenza del mistero vuol
dire che non è debole; al contrario, è forte. Essa, infatti, in
qualche modo ha visto la luce e ne è rimasta abbagliata. E
anche la ragione forte, a sua volta, di fronte al mistero si scopre debole. La verità, infatti, seppure raggiunta è sempre acquisita in modo incompleto. Il cammino verso di essa non è
un lineare passaggio dall'oscurità dell'ignoranza alla luce
della conoscenza; la ragione mentre procede si accorge di
nuove e più oscure profondità, e nuovamente deve riprendere la riflessione. È un cammino aperto che terminerà solo
nel faccia a faccia col mistero. In tal senso verrebbe da dire
che l'epoca nella quale oggi ci troviamo è assieme l'età della ragione e del mistero.

Le vie della ragione, perciò, vanno percorse tutte e fino
in fondo. Ma c'è una via ulteriore, che oggi credo sia più
facilmente percorribile e che forse può aiutare la ragione a
credere maggiormente in se stessa. È la via dell'amore. Nel
breve e frammentato itinerario di queste riflessioni è stata
certamente quella che tutti hanno auspicato. Levi, Ferry,
Vattimo, Scalfari, Amaldi, per fare solo alcuni nomi, tutti
convengono nel sottolineare il primato dell'amore nella vita dell'uomo. Dicevo a Levi, mentre preparavo queste note, che una risposta sintetica al suo volume poteva suonare
così: due fedi, ma un solo amore. E lo confermo. Certo, la
via dell'amore è larga e antica. Se oggi appare difficile
camminare sui sentieri dell'essere, forse è più facile trovare uomini e donne di fedi e culture diverse che intrapren-
dano la via unica dell'amore. Essa, ovviamente, va prati-
cata, non solo auspicata. È percorribile da tutti perché è
senza confini e forse, proprio per questo, più facilmente
permette l'incontro con il mistero. Goethe, alla fine della
seconda parte del *Faust*, sottolinea che tutti andiamo cer-
cando «quell'amore dall'alto, che deve aver parte in noi».
Siamo tutti in attesa di un amore che percorra le vie degli
uomini. Singolari le suggestioni di Jean-Luc Marion, il

quale, sulla scia del pensiero dello Pseudo-Dionigi, esorta a liberare il nome di Dio dal peso dell'essere (sia nel senso medievale che in quello heideggeriano) per comprenderlo come amore. Se Dio – scrive – «non c'è perché deve essere, ma perché ama, allora per definizione, nessuna condizione può più limitarne l'iniziativa, l'ampiezza e l'estasi». È ovviamente una suggestione da prendere con le dovute cautele (l'autore non vuole assolutamente escludere la dimensione dell'essere), ma spinge ad andare oltre le semplici affermazioni logiche sull'essere di Dio, sulla creazione del mondo o degli universi per individuare un rapporto più diretto, più caldo, tra il divino e l'umano. E, in certo modo, si lega all'immagine di Dio che emerge dalle Scritture, ove l'essere di Dio si manifesta, appunto, come un movimento d'amore. Rosenzweig così interpreta il rapporto tra creazione e rivelazione. Dopo la creazione, intesa come prima rivelazione di Dio (amante) all'uomo (amato), c'è n'è stata una seconda, più gratuita della prima, se così si può dire. Il creatore avrebbe potuto tornare nel nascondimento, ma non l'ha fatto. Ha scelto, invece, di restare nel perenne presente della rivelazione, e l'ha fatto attraverso l'amore: «Così la prima rivelazione... esige l'irruzione di una "seconda" rivelazione, di una rivelazione che non sia altro che rivelazione, di una rivelazione in un senso più stretto, anzi, nel senso più pieno del termine». Questa seconda rivelazione ha bisogno dell'amore dell'amante, di un amore inteso non come semplice attributo, ma come evento. E spiega: «Dio ama» non vuol dire che l'amore inerisce a lui come un attributo, come ad esempio la potenza creatrice. «Dio ama» è il più puro presente: l'amore stesso non sa se mai amerà, anzi neppure sa se ha mai amato. Gli è sufficiente sapere una cosa sola: che ama. L'uomo diventa così l'altro polo della rivelazione e su di lui si riversa l'amore divino: «In questo modo l'anima raccoglie l'amore di Dio». E di qui – nota il filosofo ebreo –

si comprende quanto la redenzione dell'uomo dipenda dalla pratica dell'amore del prossimo.

Insisto sulla via dell'amore perché la vedo più affollata. Ovviamente non va separata dalla via della ragione. L'una include necessariamente l'altra; sebbene le accentuazioni siano diverse. Scrive Guglielmo di Saint-Thierry: «Dunque la vista, naturale luce dell'anima per la visione di Dio, creata dall'autore della natura, è la carità. In questa vista due sono gli occhi, sempre palpitanti di una sorta di tensione naturale verso la visione della luce che è Dio: l'amore e la ragione. Se uno dei due opera senza l'altro non avanza di molto. Invece possono molto se si soccorrono a vicenda... Ed essi si affaticano grandemente ciascuno a suo modo, per il fatto che uno dei due, la ragione, non può vedere Dio se non in ciò che Egli non è, mentre l'amore non acconsente a riposare se non in ciò che Egli è... La ragione ha certi suoi cammini sicuri, sentieri diritti sui quali procede; l'amore per contro avanza di più, grazie a ciò che ha smarrito, apprende di più per la sua ignoranza... La ragione possiede una maggiore sobrietà, l'amore conosce una maggiore beatitudine. Ma se come ho detto si soccorrono a vicenda, se la ragione istruisce l'amore e l'amore illumina la ragione, se la ragione si converte in amore e l'amore acconsente a lasciarsi trattenere entro i confini della ragione, essi possono fare qualcosa di grande».

Larga è la *via amoris*. Ed è senza dubbio quella che maggiormente accomuna le due fedi di cui abbiamo parlato, come anche altri percorsi della cultura contemporanea. Vattimo, a tale proposito, nota: «Mi è capitato altrove di notare come lo stesso termine "carità" abbia ritrovato di recente, in modo imprevisto ma non per ciò meno significativo, una cittadinanza nella filosofia». E sottolinea la centralità della *caritas*, al di là di ogni prospettiva sentimentale, facendone il senso ultimo della vita. La carità, pur essendo il senso ultimo della rivelazione, non ha però quel peso di perentorietà da principio della metafisica che fa cessare ogni domanda, anche se possiamo aggiungere che trova forse il suo riposo nella contemplazione della Verità: «*Non intratur in veritate nisi per charitatem*» ovvero non si entra nella verità se non attraverso la carità (sant'Agostino). Mi chiedo se questa intuizione di sant'Agostino non offra anche una indicazione di metodo: non può essere proprio la pratica dell'amore la via che il pensiero contemporaneo deve percorrere per giungere alla riscoperta dell'essere? Non può essere proprio la *via amoris* quella che oggi con maggior facilità conduce il pensiero umano a cogliere nuovamente la Verità? Bonaventura lo affermava per Francesco d'Assisi: «È quanto è stato mostrato al beato Francesco, quando nell'estasi della sua contemplazione... egli passò in Dio... Perché questo passaggio sia perfetto, è necessario lasciare da parte ogni attività intellettuale, per trasfondere e trasformare in Dio tutto il vertice dell'affetto». Ritorna la via mistica. Quel testo affascinante che è *La nube della non conoscenza* insiste a restare nella nube luminosa dell'amore. L'anonimo autore non manca di lanciare i suoi strali contro la ragione intellettuale che «analizza e fa a pezzi», interroga e distingue, senza tuttavia riuscire ad andare oltre l'ignoranza. È vano, scrive, cercare di conoscere Dio con le armi della conoscenza intellettuale; meglio riconoscere la propria cecità: Dio non si comprende, si ama. In effetti, non abbiamo in mano che «il dardo affilato dell'amore ardente»; con questo possiamo traversare la «spessa nube della non conoscenza», che sta sopra di noi, e che noi chiamiamo Dio.

Levi si chiede se l'amore viene prima o dopo l'idea di Dio. Non credo sia decisivo risolvere il quesito, certo è che i due termini sono indissolubilmente legati. La storia biblica presenta Dio come fonte dell'amore. Il termine usato nel linguaggio biblico è *agàpe*, parola usata pochissimo dalla cultura greca classica che preferiva *eros* e *philìa*. Con il termine *agàpe* si introduceva una nuova e impensata concezione dell'amore: un amore che non si nutre della mancanza dell'altro (*eros*) e nemmeno semplicemente si rallegra della sua presenza (*philìa*), ma, appena concepibile dagli uomini, trova il suo modello culminante nel calvario di Cristo: amore disinteressato, gratuito, perfino ingiustificato, perché continua ad agire – ed è il meno che si possa dire – al di fuori di ogni reciprocità. Esso perciò può sintetizzare tutta la vicenda biblica: Dio scende sulla terra per amare gli uomini sino alla fine. L'*agàpe* è un'energia che viene dall'alto, da Dio stesso. Anzi, è la sostanza di Dio stesso, come scrive Giovanni: «Dio è amore». Il cristianesimo – in questo si differenzia da altri credo – più che religione che divinizza l'uomo, è la religione di un Dio che per amore si fa uomo. Gesù crocifisso è l'esito paradossale ma necessario di questo itinerario; necessario per la tenerezza e la pietà del Dio antropomorfo veterotestamentario; che conosce e patisce gli stessi turbamenti dell'uomo creato a sua immagine e somiglianza; un Dio che è con l'uomo quando si trova «nella tribolazione» (Salmo 91), che gli «rifà il letto quando è malato» (Salmo 41), che lo accompagna sino alla fine dei giorni senza mai abbandonarlo. È senza paragone più perfetta la pietà di un re che per consolare un amico si fa povero accanto a lui, della pietà di un re che per consolarlo lo innalza alla sua regale ricchezza. È un Dio che «ha tempo» per l'uomo... tanto che il suo «curriculum vitae», per riprendere una frase di Hegel, è appunto il pellegrinaggio nella storia degli uomini quasi che, senza il completamento di questa storia, anche Dio non sia «completo». La vicenda dei due pellegrini di Emmaus che accolgono lo straniero (il mistero) in mezzo a loro, non è allora solo un paradigma dell'incontro tra uomini diversi, lo è anche della stessa vicenda di Dio. La *via amoris* descrive sì la storia degli uomini in cammino verso Dio, ma ancor prima la discesa di Dio verso gli uomini. L'amore è la sostanza della storia della salvezza e quindi dell'intera storia umana.

Nella tradizione cristiana l'*agàpe*, cuore della vita del credente, è superiore a tutte le virtù. Per gli antichi pensatori cristiani l'*agàpe* è Dio stesso che si comunica al mondo. «L'amore di Dio è infinitamente gratuito: da qui il senso di stupore, da qui l'accento di lode che ha la pietà dei primi fedeli che hanno accolto il dono di Dio. L'amore di Dio è divinamente efficace: rinnova il volto del mondo. Un senso di freschezza e di libertà e di forza incontenibile, di gioia prorompe da questi cuori nei quali abita Dio. Soprattutto l'amore di Dio si rivela nell'universalità di una salvezza che è offerta a ciascuno, che anzi già in qualche modo raggiunge gli estremi confini, e non salva più soltanto qualcosa, ma ogni cosa, perfino la carne nella promessa della risurrezione futura», sintetizza Barsotti. Non c'è nulla al disopra dell'*agàpe*: né la profezia della tradizione ebraico-cristiana; né l'ineffabile lingua degli angeli, quella che estasiava i Corinzi; e nemmeno la speranza; e neppure la conoscenza, la quale in questo mondo è così misera sì che conosciamo Dio solo confusamente, come attraverso uno specchio, dentro «enigmi». L'amore è superiore persino alla fede. Nel Vangelo di Matteo, Cristo ha detto: «Se avrete fede quanto un granellino di senape potrete dire a questo monte spostati da qui a lì, ed esso si sposterà. Niente vi sarà impossibile». E san Paolo con un incredibile capovolgimento: «Se avessi tutta la fede tanto da poter trasportare i monti, ma non avessi l'amore, non sarei nulla». Tutto passerà, anche la fede e la speranza. Al termine resterà solo l'amore. È dottrina cristiana, ma il suo riverbero tocca ogni religione. Il mistico islamico Rabi'a bint Isma'il Adawiyya (ca. 717-801) prega:

O mio Dio, se ti adoro
  per timore dell'inferno,
bruciami nell'inferno;
  e se ti adoro

per la speranza del paradiso,
escludimi dal paradiso;
ma se ti adoro
unicamente per te stesso,
non mi privare
della tua bellezza eterna.

Nell'amore c'è già tutto. Certo, si può parlare di amore laico e di amore religioso, di filantropia e di amore sacro. Il dibattito ha attraversato i secoli, in particolare gli ultimi, quando, per fare un solo esempio, i termini «filantropia» e «solidarietà» vennero coniati esplicitamente in opposizione alla carità cristiana. Era l'ideologia (con l'inevitabile alto tasso di polemica) a dividere gli animi più che la sostanza delle cose. L'amore è sempre amore di Dio. La diversità è nel grado e nell'evidenza. «L'amore umano... è sempre solo una partecipazione finita all'amore che Dio ha per se stesso; persino nei piaceri più bassi, persino nell'esaurimento della voluttà, ancora e sempre egli cerca Dio; diciamo di più, Dio stesso si cerca in lui, per sé. Così... il fine dell'amore umano ne è anche la causa», sostiene Gilson.

Manifestazione peculiare dell'amore è quella che spinge a piegarsi verso i deboli, i malati, gli esclusi, gli indigenti, i poveri. Questa «via» è davvero «santa» nel senso più ampio del termine. Essa comporta un'energia interiore che sfocia sempre nell'Altro. Mai permette di chiudersi in se stessi, perché è sempre «oltre». È la vera energia di libertà. Costringe, se la si pratica, ad andare oltre se stessi e il proprio clan, persino oltre la stessa appartenenza religiosa, fosse anche cristiana. Ciò è evidente dalla pagina evangelica di Matteo 25, chiamata anche il «Vangelo dei non credenti» (spesso Gesù porta ad esempio persone estranee alla religiosità ebraica, talora anche nemiche). L'evangelista scrive esplicitamente che colui che offre il bicchiere d'acqua è un non credente; eppure proprio lui, mentre professa davanti a Dio di non essere credente, si sentirà ripetere: «Quello che hai fatto ad uno di questi miei fratelli più piccoli l'hai fatto a me». In questa *via amoris* tutti possiamo ritrovarci, credenti in Dio e credenti solo religiosi, credenti laici e non credenti affatto. Ovviamente, non ci si ritrova per caso, ma per scelta; ed è una scelta talora impegnativa, mai comunque banale. L'istinto (come fidarsi di esso?) è tirare diritti per la propria via, quella dell'individualismo; e conosciamo bene quanto sia attuale la parabola evangelica del Buon Samaritano. L'amore (anche e soprattutto quello per i poveri) è una scelta che porta a guardare il cielo che sta sopra e non le mura che stanno sotto. Per i credenti ha un nome, Gesù di Nazareth; per chi non crede forse è senza nome, ma sempre cielo è. L'amore è il presente assoluto, e l'assoluto futuro. Alla fine della storia, quando tutto avrà termine, non ci sarà più nessuna virtù umana, nessuna divisione. Solo l'amore.

A Levi e agli altri amici che man mano si sono aggiunti, vorrei dire che il misterioso straniero introdottosi lungo il cammino continua ad accompagnarci nelle vie della storia. Il suo nome è amore (quel mistero ch'è l'amore). Oppure, quantomeno, è il suo primo nome. È un compagno presente, anche se non lo conosciamo pienamente o non sappiamo dargli un nome più chiaro (ai credenti è data la grazia di conoscere questo nome proprio, seppure «come in uno specchio»). Comunque non è un Moloch o un Baal che sovrasta e schiaccia la vita. Ha le sembianze di un amico, di un compagno di viaggio che rispetta il tempo e il cammino, anche se non ha timore di parlare e neppure paura di correggere, appunto perché ama davvero. Non usa, tuttavia, violenza alla ragione; anzi le è profondamente vicino al punto da sostenerla, aiutarla e difenderla, talora anche contro un certo masochismo disfattista. Non si mette in mezzo tutto in una volta, accetta anche di non farsi riconoscere esplicitamente per tutto un tratto di strada (come quel-

lo che separava Gerusalemme da Emmaus). «Riscalda il
cuore», però, come accadde ai due viandanti. L'amore si
sperimenta, così come il mistero si contempla. E anche se
il credente, non per suo merito, ma per grazia sa dare un
nome e un volto a questo «straniero», anche lui, assieme al-
l'altro deve continuare a camminare, come sta scritto:
«camminiamo nella fede e non ancora nella visione», e forse deve, anche a nome dell'altro attendere che il mistero si
sveli e intanto invocare: «Vieni, Signore Gesù!»

Bibliografia
(citata nel testo o a cui si fa esplicito riferimento)

AA.vv., *Mysterium Salutis. Nuovo corso di dogmatica come teologia della storia della salvezza*, Brescia 1971.

AA.vv., *La mistica e le mistiche*, Milano 1996.

AA.vv., *Chi è come te fra i muti? L'uomo di fronte al silenzio di Dio*, Milano 1993.

AA.vv., *Foundational Problems in the Special Science*, Hingham 1977.

AA.vv., *Dio e la ragione. Anselmo d'Aosta, l'argomento ontologico e la filosofia*, Genova 1993.

AA.vv., *L'ateismo contemporaneo*, Torino 1967.

AA.vv., *Assisi. Giornata mondiale di preghiera per la pace, 27 ottobre 1986*, Città del Vaticano 1987.

AA.vv., *Pace a Milano*, Milano 1993.

AA.vv., *Pace a Firenze*, Milano 1996.

AA.vv., *La pace è possibile*, Milano 1993.

AA.vv., *Belief in God in an Age of Science*, Yale 1998.

ACCATTOLI L., *Quando il Papa chiede perdono. Tutti i mea culpa di Giovanni Paolo II*, Milano 1997.

AGOSTINO D'IPPONA, *Le confessioni*, Torino 1936.

–, *De Trinitate*, in *Opera Omnia*, Roma 1987.

ALBERIGO G. (a cura di), *Conciliorum Oecumenicorum Decreta*, Bologna 1991.

AMALDI U., «La scienza, il mondo e Dio», in *Rivista Diocesana di Roma*, 3, 1998.

ANONIMO del XIV secolo, *La nube della non conoscenza*, Milano 1990.

ANSELMO D'AOSTA, *Proslogion*, Milano 1992.

ANTISERI D., *Teoria della razionalità e ragioni della fede*, Milano 1994.

ANTISERI D. - BALDINI M., *La rosa è senza perché. Pensieri sulla fede*, Roma 1998.

ARMSTRONG K., *Storia di Dio. 4000 anni di religioni monoteiste*, Venezia 1995.

BACHL G., *I mistici dell'Islam*, Parma 1991.

BAGET-BOZZO G., *Il futuro del cattolicesimo*, Casale Monferrato 1997.

BAKUNIN M., *Dio e lo stato*, Varese, 1997.

BARBOUR I., *Religion in an Age of Science*, New York 1990.

BARTH K., *Filosofia e rivelazione*, Milano 1965.

–, *Fides quaerens intellectum. Anselm Beweis der Existenz Gottes in Zusammenhang seines theologiscen Programms*, Darmstadt 1958.

BARSOTTI D., *La dottrina dell'amore nei Padri della Chiesa fino a Ireneo*, Milano 1963.

BARTHOLOMEW D.J., *Dio e il caso*, Torino, 1987.

BEAUD M., *Histoire du capitalisme 1500-1980*, Paris 1981.

BOBBIO N., *De senectute e altri scritti autobiografici*, Torino 1996.

–, *Il compito della filosofia*, in AA.vv., *Che cosa fanno oggi i filosofi?*, Milano 1982.

BONHOEFFER D., *Resistenza e resa. Lettere e scritti dal carcere*, Milano 1988.

BRAYBROOKE M., *Pilgrimage of hope. One Hundred Years of Global Interfaith Dialogue*, New York 1992.

BUBER M., *Begegnung*, Stuttgart 1961.

–, *Due tipi di fede. Fede ebraica e fede cristiana*, Milano 1995.

–, *L'eclissi di Dio. Considerazioni sul rapporto tra religione e filosofia*, Milano 1990.

CAMPANELLA T., *Atheismus triumphatus*, 1631.

CANCOGNI M., "Così ho ritrovato la fede", in *La Repubblica*, 17 ottobre 1998.

CARTESIO, *Discorso sul metodo. Meditazioni metafisiche con le Obiezioni e risposte*, Roma-Bari 1975.

CASTELLI E., *L'analyse du langage théologique. Le nome de Dieu*, Paris 1969.

Cattedra dei non credenti, Chi è come te fra i muti?, Milano 1993.

CHALIER, *L'inspiration du philosophe*, Paris 1996.

CHILDS B. S., *Teologia Biblica. Antico e Nuovo Testamento*, Casale Monferrato 1998.

CITATI P., *La luce della notte. I grandi miti nella storia del mondo*, Milano 1996.

–, *L'armonia del mondo. Miti d'oggi*, Milano 1998.

CLAVEL M., *Quello che io credo*, Roma 1978.

COCCOLINI G., *La domanda su Dio come questione del nostro tempo*, in *L'esperienza di Dio. Filosofi e teologi a confronto*, Padova 1996.

CODA P., *Teo-logia. La parola di Dio nelle parole degli uomini*, Milano 1997.

Commissione Teologica Internazionale, *Il Cristianesimo e le religioni*, Milano 1997.

COMTE A., *Corso di filosofia positiva*, Torino 1979.

–, *Système de politique positive*, Paris.

COMTE-SPONVILLE A.-FERRY L., *La sagesse des Modernes*, Paris 1998.

COTTIER G., *Les chemins de la raison*, Saint Maur 1997.

CULMANN O., *Immortalità dell'anima o resurrezione dei morti*, Brescia 1986.

CUSANO N., *Il Dio nascosto*, Bari 1995.

–, *La caccia della sapienza*, Casale Monferrato 1998.

–, *La pace della fede*, Milano 1991.

–, *Il dialogo dei tre saggi*, Milano 1991.

DAVIES P., *Dio e la nuova fisica*, Milano 1994.

–, *La mente di Dio*, Milano 1990.

DEL NOCE A., *Il problema dell'ateismo*, Bologna 1990.

DE BENEDETTI P., *Quale Dio? Una domanda dalla storia*, Brescia 1996.

DE LUBAC H., *Sur les chemines de Dieu*, Paris 1956.

DE LUCA E., *Ora prima*, Torino 1997.

DE LUCA G., *Introduzione alla storia della pietà*, Roma 1962.

DE ROSA G., *Sì, Dio esiste*, Roma 1998.

DOBROCZYNSKI B., *New Age. Il pensiero di una "nuova era"*, Milano 1997.

DULLES A., *Il fondamento delle cose sperate. Teologia della fede cristiana*, Brescia 1997.

DUPUIS J., *Verso una teologia cristiana del pluralismo religioso*, Brescia 1997.

EADMERO DI CANTERBURY, *Vita di Sant'Anselmo*, Milano 1987.

ECO U., *Cinque scritti morali*, Milano 1997.

ELIOT T. S., *L'idea di una società cristiana*, Milano 1983.

ENGELS F., *Ludovico Feuerbach e il punto di approdo della filosofia classica tedesca*, in *Karl Marx e Frederich Engels*, Opere scelte, Roma.

FABRIS A., *Tre domande su Dio*, Bari 1998.

FABRO C., *"Genesi storica dell'ateismo contemporaneo"*, in *L'ateismo contemporaneo*, Torino 1968.

–, *Le prove dell'esistenza di Dio*, Brescia 1990.

FEBVRE L., *Le problème de l'incroyance au XVI siècle*, Paris 1942.

FERRY L., *Al posto di Dio*, Milano 1997.

FEUERBACH L., *L'essenza del cristianesimo*, Torino 1994.

FISICHELLA R., *Noi crediamo. Per una teologia dell'atto di fede*, Bologna 1993.

–, *Quando la fede pensa*, Casale Monferrato 1997.

FLORES D'ARCAIS P., *Etica senza fede*, Torino 1992.

FORTE B., *In ascolto dell'altro. Filosofia e rivelazione*, Brescia 1995.

–, *Simbolica ecclesiale*, Milano 1981-1996.

–, *Il silenzio di Tommaso*, Casale Monferrato 1988.

FRIEDMAN R., *The disappearence of God*, New York 1995.

GADAMER H.-G.,"Kant e la filosofia ermeneutica", in *Rassegna di teologia*, 3, 1975.

GALLI DELLA LOGGIA E., *L'identità italiana*, Bologna 1998.

–, «Perché la Chiesa chiede scusa e i laici no», in *Corriere della sera*, 26 ottobre 1997.

GAUCHET M., *Le désenchantement du monde*, Paris 1985.

GAUNILONE, *Difesa dell'insipiente. Risposta di Anselmo a Gaunilone*, Milano 1996.

GENTILONI F. - ROSSANDA R., *La vita breve. Morte, resurrezione, immortalità*, Parma 1996.

GIOVANNI PAOLO II, *Redemptor hominis*, Roma 1979.

–, *Varcare la soglia della speranza*, Milano 1994.

–, *Veritatis splendor*, Roma 1993.

–, *Fides et ratio*, Roma 1998.

–, «Se vuoi la pace rispetta la coscienza di ogni uomo», in *L'Osservatore Romano*, 19 dicembre 1990.

GESCHÉ A., *Dio*, Milano 1996.

GHIRARDI G. C., *Un'occhiata alle carte di Dio*, Milano 1997.

GILSON E., *Lo spirito della filosofia medioevale*, Brescia 1969.

GIULIANI M., *Auschwitz nel pensiero ebraico. Frammenti dalle Teologie dell'Olocausto*, Brescia 1998.

GUARDINI R., *Ritratto della malinconia*, Brescia 1990.

GUGLIELMO DI TOCCO, *Hystoria beati Thomae Aquinatis*, in *Fontes Vitae S.Thomae Aquinatis notis historicis et criticis illustrati*, Tolosa s.d.

GUITTON J., *Dio e la scienza*, Milano 1992.

–, *Che cosa credo*, Milano 1993.

–, *L'infinito in fondo al cuore*, Milano 1998.

HAUGHT J. F., *Science and Religion. From Conflict to Conversation*, New York 1995.

HAUGHTON R. L., *Images for Change. The Transformation of Society*, New York 1997.

HAWKING S., *Dal Big Bang ai buchi neri*, Milano 1990.

HEIDEGGER M., *Ormai solo un Dio ci può salvare. Intervista con lo "Spiegel"*, Parma 1987.

–, *Lettera sull'umanesimo*, Milano 1947.

HISAMATSU H. S., *Una religione senza dio. Satori e Ateismo*, Genova 1996.

HOLTON G., *Immaginario scientifico. I temi del pensiero scientifico*, Torino 1983.

HUET P.-H., *Trattato filosofico Della Debolezza dello Spirito Humano*, tradotto dall'idioma francese in Italiano da Antonio Minunni, Padova 1724.

HUNTINGTON S. P., *Lo scontro delle civiltà e il nuovo ordine mondiale*, Milano 1997.

IMBACH, *Breve corso fondamentale sulla fede*, Brescia 1993.

JACOBI F. H., *Ueber eine Weissagung Lichtenbergs*, in *Werke*, Leipzig 1800.

JASPERS K., *I grandi filosofi*, Milano 1973.

—, *La fede filosofica di fronte alla rivelazione*, Torino 1973.

JONAS H., *Il concetto di Dio dopo Auschwitz. Una voce ebraica*, Genova 1991.

JORDAN M., *Encyclopaedia of Gods: Over 2500 Deities of the World*, London 1992.

JUNGEL E., *Dieu mystère du monde*, Paris 1997.

KANT I., *L'unico argomento possibile per una dimostrazione dell'esistenza di Dio*, in *Scritti precritici*, Roma-Bari 1982.

—, *Critica della ragion pura*, Roma-Bari 1975.

—, *Prolegomeni a ogni futura metafisica che si presenterà come scienza*, Roma-Bari 1975.

KASPER W., *Le Dieu des chrétiens*, Paris 1996.

KEPEL G., *La revenge de Dieu*, Paris 1991.

KIERKEGAARD S., *Opere*, Casale Monferrato 1996.

KOLAKOVSKY L., *Se non esiste Dio*, Bologna 1997.

KOLITZ Z., *Yossl Rakover si rivolge a Dio*, Milano 1997.

LE POIDEVIN R., *Arguing for Atheism*, London 1996.

LEVI A., *La vecchiaia può attendere*, Milano 1997.

—, *Le due fedi*, Bologna 1996.

—, *Pace e sopravvivenza dell'uomo*, in *Dialoghi in cattedrale*, Milano 1997.

—, Bobbio N., «La fede di un filosofo laico», in *Corriere della sera*, 9 luglio 1997.

LÉONARD A., *Foi et philosophies*, Namur 1991.

LÉVINAS E., *Quattro letture talmudiche*, Genova 1982.

—, «Un entretièn avec E. Lévinas», di Roger-Pol Droit, in *Le monde*, 2 giugno 1992.

LICHTENBERG, *Vermischte Schriften*, Leipzig 1800.

LOCKE J., *Of Ethick in General*, Lovelace Collection, Oxford.

MACLAINE S., *Dancing in the Light*, Toronto 1985.

MAGNI T., *La scienza e l'ipotesi Dio*, Milano 1994.

MAGRIS C., *Microcosmi*, Milano 1997.

MARION J.-L., *Dieu, sans l'être*, Paris 1991.

MARTINI C. M. - Eco U., *In cosa crede chi non crede?*, Roma 1996.

MARTINI C. M., *La cattedra dei non credenti*, Milano 1982.

MARX K., *Per la critica dell'economia politica*, in *Opere complete*, Roma 1980.

MASSIMO IL CONFESSORE, *Quaestiones ad Thalassium*, n. 34 Corpus Christianorum, series graeca, Turnhout 1980.

MAZZARELLA E., *Filosofia e teologia di fronte a Cristo*, Napoli 1996.

MEN' A., *Christianstvo. Lekcija* (Il cristianesimo. Lezione), in A. Men', *Kul'tura i duchovnoe voschoždenie* (Cultura e ascensione spirituale), Moskva, Iskusstvo, 1992.

–, *Gesù maestro di Nazareth la storia che sfida il tempo*, Roma 1996.

MESSADIÉ G., *Histoire generale de Dieu*, Paris 1997.

MESSORI V., *Qualche ragione per credere*, Milano 1997.

MILES J., *Dio. Una biografia*, Milano 1996.

MONTAIGNE M. DE, *Saggi*, Milano 1996.

MOORE L., *Selling God*, New York 1994.

MORELAND J. P. - NIELSEN K., *Does God exist?*, New York 1993.

MOUTTAPA J., *Dieu et la révolution du dialogue. L'ère des échanges entre les religions*, Paris 1996.

MURATORI L. A., *Delle forze dell'intendimento umano o sia il pirronismo confutato. Trattato di Ludovico Antonio Muratori, bibliotecario del Serenissimo Duca di Modena, opposto al libro del preteso Monsignor Huet intorno alla debolezza dell'humano intendimento*, Venezia 1745.

NADEAU M. TH., *Foi de l'Eglise. Evolution et sens d'une formule*, Paris 1988.

NEWMAN J. H., *Fifteen Sermons Preached before the University of Oxford 1826-1843*, London 1970.

NIETZSCHE F., *Opere*, a cura di G. Colli e M. Montinari, Milano 1964.

PACWA M., *Catholics and the New Age*, Michigan 1992.

PAREYSON L., «Filosofia ed esperienza religiosa», in *Annuario filosofico*, 1, Milano 1985.

PASCAL B., *Pensieri*, Milano 1996.

PITITTO R., *La fede come passione*, Milano 1997.

POUIVET R., *Après Wittgenstein, Saint Thomas*, Paris 1997.

QUINZIO S., *Silenzio di Dio*, Milano 1982.

–, *La sconfitta di Dio*, Milano 1992.

–, *La fede sepolta*, Milano 1997.

RATZINGER J., "Die Ökumenische Situation. Ortodoxie", in *Theologische Prinzipienlehre*, München 1982.

–, *Foi chrétienne hier et aujourd'hui*, Paris 1969.

–, *La fede e la teologia ai nostri giorni*, in *Enciclopedia del Cristianesimo*, Novara 1997.

REUSS M., *Sollman auf katholischen Universitaten Kants Philosophie erklaren?*, Würzburg 1789.

RICCARDI A., *Intransigenza e modernità. La Chiesa cattolica verso il terzo millennio*, Roma-Bari 1996.

RICHTER P., *Sogno del Cristo morto.*

RICOEUR P., *Il conflitto delle interpretazioni*, Milano 1977.

–, *Il male. Una sfida alla filosofia e alla teologia*, Brescia 1993.

–, *Filosofia e linguaggio*, Milano 1994.

ROSENZWEIG F., *La stella della redenzione*, Genova 1985.

RUBENSTEIN R. L., *After Auschwitz. Radical Theology and Contemporary Judaism*, New York 1966.

RUGGERINI M., *Il Dio assente. La filosofia e l'esperienza del divino*, Milano 1997.

RUINI C., *Piccola risposta teologico-filosofica al professor Dario Antiseri*, in Antiseri, *Teoria della razionalità*, Milano 1994.

SAINT-THIERRY G. DI, *Natura e grandezza dell'amore*, Magnano 1990.

SALMANN E., *Contro Severino. Incanto e incubo del credere*, Casale Monferrato 1996.

SARTRE J.-P., *L'esistenzialismo è un umanesimo*, Milano 1990.

–, *Le parole*, Milano 1994.

SCALFARI E., *Incontro con Io*, Milano 1995.

–, *Alla ricerca della morale perduta*, Milano 1995.

–, «La scimmia cacciata dal paradiso», in *La Repubblica*, 27 ottobre 1996.

SCARABEL A., *Preghiera sui Nomi più belli*, Genova 1996.

SCARPELLI G., *Il Dio solo. Le misteriose origini del monoteismo*, Milano 1997.

SCHEEBEN M. J., *Handbuch der katholischen Dogmatik*, Freiburg 1873.

SCHLEGEL J.-L., *La Gnose ou le réenchantement du monde*, in Études, I, 1987.

–, *Religions à la carte*, Paris 1997.

SCHOLEM G., *Grandi correnti della mistica ebraica*, Torino 1993.

SCILIRONI C., *Possibilità e fondamento della fede*, Padova 1988.

SEQUERI P. A., *Il Dio affidabile*, Brescia 1996.

SEVERINO E., *L'impossibilità della fede*, in AA.VV., *Ermeneutica della secolarizzazione*, Padova 1976.

–, *Pensieri sul cristianesimo*, Milano 1995.

–, *Téchne. Le radici della violenza*, Milano 1979.

–, *La follia dell'angelo*, Milano 1997.

–, *La fede e il dubbio*, in AA.VV., *Studi di filosofia in onore di Gustavo Bontadini*, Milano 1975.

SHOEPFEIN M., *Via amoris. Immagini dell'amore nella filosofia occidentale*, Milano 1988.

SCHOLEM G., *Il Nome di Dio e la teoria cabbalistica del linguaggio*, Milano 1998.

SILESIO A., *Il pellegrino cherubico*, Milano 1992.

SIMONS E. - FRIES H., *Cosa è la fede*, Milano 1975.

STAGLIANÒ A., *La mente umana alla prova di Dio. Filosofia e teologia nel dibattito contemporaneo sull'argomento di Anselmo d'Aosta*, Bologna 1996.

STATTLER B., *Anti-Kant*, Monaco 1788.

STEFANI P., *Un tempo per cercare. Fili e frammenti*, Brescia 1997.

STEWART I., *Dio gioca a dadi?*, Torino 1993.

SULLIVAN F. A., *Salvation outside the church?*, New Jersey 1992.

TEILHARD DE CHARDIN P., *Le coeur du problème*, in *Oeuvres, V, L'avenir de l'homme*, Paris 1969.

TERTULLIANO, *La prescrizione contro gli eretici*, Roma 1991.

TESTART J. - REICH J., *Pour une éthique planétaire*, Torino 1997.

TILLICH P., *L'irrilevanza e la rilevanza del messaggio cristiano per l'umanità oggi*, Brescia 1998.

TIMOSSI R. G., *Dio è possibile? Il problema dell'esistenza di un'Entità Superiore*, Padova 1995.

THUAN T. X., *La mélodie secrète*, Paris 1980.

TOFFLER A., *La terza ondata*, Milano 1987.

TOLSTOJ L., *Guerra e pace*, Milano 1974.

TOMMASO D'AQUINO, *Quaestiones disputatae*, Bologna 1992.

–, *La somma teologica*, Bologna 1996.

TORNO A., *Senza Dio?*, Milano 1995.

–, *Pro e contro Dio*, Milano 1993.

VACCA G., «Fede e laicità, cadono le barriere?», di F. Dal Mar in *Avvenire*, 1 ottobre 1996.

VATTIMO G., *Credere di credere*, Milano 1996.

VOLTAIRE, *Dizionario filosofico*, Torino 1970.

VON RAD G., *Teologia delle tradizioni storiche di Israele*, Brescia 1972.

WATTÉ P., «Job à Auschwitz. Deux constats de la pensée juive», in *Revue théologique de Louvain*, IV (1973).

WEISCHEDEL W., *Il Dio dei filosofi*, Genova 1988-1994.

WIESEL E., *La notte*, Firenze 1988.

WILSON B. R., *La religione nel mondo contemporaneo*, Bologna 1996.

ZOLLA E., *I mistici dell'Occidente*, Milano 1997.

Indice dei nomi

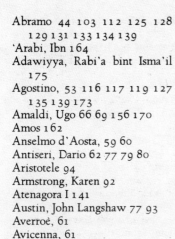

Indice generale

Impaginazione di Ayako Hosono.

————————

Questo libro è stato composto in Lanston Goudy Village,
OPTI Packard
e Font Bodoni Classic Ornaments.

Composizione dei testi: Grande - Monza

Finito di stampare nel novembre 1998 presso
Tip.le.co - via S. Salotti, 37 - S. Bonico PC
Printed in Italy